KB131733

길을 잃어 여행 갑니다

길을 잃어 여행 갑니다

1판 1쇄 인쇄 2019.10.7.
1판 1쇄 발행 2019.10.14.

지은이 김비·박조건형

발행인 고세규
편집 길은수 | 디자인 조은아

발행처 김영사
등록 1979년 5월 17일(제406-2003-036호)
주소 경기도 파주시 문발로 197(문발동) 우편번호 10881
전화 마케팅부 031)955-3100, 편집부 031)955-3200 | 팩스 031)955-3111

값은 뒤표지에 있습니다.
ISBN 978-89-349-9927-0 03810

홈페이지 www.gimmyoung.com 블로그 blog.naver.com/gybook
페이스북 facebook.com/gybooks 이메일 bestbook@gimmyoung.com

좋은 독자가 좋은 책을 만듭니다.
김영사는 독자 여러분의 의견에 항상 귀 기울이고 있습니다.

이 도서의 국립중앙도서관 출판예정도서목록(CIP)은 서지정보유통지원시스템 홈페이지
(http://seoji.nl.go.kr)와 국가자료공동목록시스템(http://www.nl.go.kr/kolisnet)에서
이용하실 수 있습니다.(CIP제어번호 : CIP2019037879)

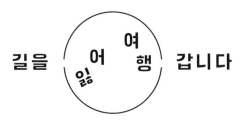

길을 잃어 여행 갑니다

현실은 잠시 미뤄두고, 유럽의 골목을 함께 걸었다.

김비 · 박조건형

김영사

일러두기

본문의 입말 및 그림에 있는 손글씨는 작가의 의도에 따라 표기하였습니다.

길을 잃는다

허리를 굽힌다

돌을 줍는다

너에게 자랑한다

우리의 돌이 된다

여행이다

길을 잃어, 여행 갑니다 _김비

"정말 이래도 되는 걸까요?"

최악은, 이따금 예기치 않은 선물을 안겨준다. 궁지에 몰릴수록 평범한 일상은 그리워진다. 여행이 우리를 찾아온 순간도 별반 다르지 않았다. 우울증, 뇌종양, 비자발적 퇴직…. 어느 것 하나 지독하지 않은 구석이 없었지만, 신랑과 나는 오히려 평온했다. 평온이라니, 그즈음 우리에게 가장 어울리지 않는 단어였지만 정말 그랬다.

"언제 이런 기회가 오겠어요? 한번 가봅시다."

'우(울증)기'가 아닌 '건기'일 때, 신랑은 세상에서 제일 강한 사람이 된다. 두려움 없는 인간으로 다시 태어난다.

"오케이, 콜!"

나는 신랑 앞에 서서 두 팔을 번쩍 들어 올리고 거실 한복판을 경중경중 뛰었다. 긴 팔다리를 휘적거리며 뛰는 나를 보고, 신랑은 껄껄 웃으며 개그맨 같다고 놀려댔다. 웃는 사람 앞에서는 더 크게 웃어주는 것이 우리의 방식. 나를 놀려대던 신랑도 어느덧 나처럼 거실을 경중경중 뛰었다.

그날 우리는 곧바로 항공권을 샀고, 리스 차량까지 예약했다. 계획한 대로 맞추는 것이 아니라, 흘러가는 대로 맞추어갔다. 앞뒤가 바뀌어도 한참이나 바뀐 셈이었지만, 신랑이나 나나 이상하다고 생각하지 않았다. 세상의 흐름을 역행하는 우리의 삶에 아주 어울리는 일 같아 오히려 자연스러웠다.

순리를 거슬러 앞뒤가 뒤바뀐,
우리의 여행은 그렇게 시작되었다.

떠나다

당신은 어떤 짐을 지고 여행 가나요?

한 달 넘게 집을 떠나 다른 곳에 머무는 일을, 우리는 생각해본 적이 없었다. 대부분 이삼 일이었고 길어야 일주일이었다. '간단하게' '가볍게'는 말이 쉽지, 42일간의 여행은 그리 간단하지도, 가벼울 수도 없는 일

이었다. 금전적으로 여유로웠다면 간단히 준비해도 되겠지만 우리에겐
선택의 여지가 없었다. 모두 끌어안고 가는 수밖에. 멀리 갈수록, 오래
떠날수록 그리고 가난할수록 우리는 더 많은 짐을 짊어져야 했다.

"먹는 게 중요해요, 아니면 잠자는 게 중요해요?"

"잠자는 거요."

신랑은 간단하게 대답했고, 나는 그를 향해 팔을 들어 올렸다. 손바
닥을 부딪치는 하이파이브. 동감을 표하는 우리의 방식이었다. 여행하
다 보면 지치고 피곤할 테니 우리는 숙박비보다는 식비를 줄이는 쪽을
택했다. 어차피 우리 부부는 하루 세 끼보다 두 끼가 적당하다고 믿는

부류였다.

　그래서 웬만한 음식은 가지고 가기로 결정했다. 쌀을 샀고, 라면을 샀고, 찌개양념과 고기양념도 샀다. 고추장과 된장도 챙겼고, 그 외 기본 양념도 같이 챙겼다. 가장 중요한 문제는 조리 도구. 시중에 나와 있는 전기냄비는 고작 라면을 끓일 수 있는 정도의 기능이 전부였다. 우리가 원하는 도구는 라면이나 국과 찌개를 끓이고 밥까지 지을 수 있는 최강 멀티 제품이었다. 하나의 도구로 모든 걸 다 해결하려 하다니, 우리가 너무 많은 걸 바라나 싶었는데 찾고 찾으니 정말 그런 냄비가 있었다. 소꿉장난에나 쓸 법한 작고 빨간 전기솥은, 믿을 수 없을 정도로 모든 일을 척척 해냈다.

　유럽 어디든 갈 수 있는 자동차도 빌렸으니 여행 코스를 정하기만 하면 되었다. 어느 곳을 가고, 또 어느 곳을 가지 않을 것인가는 선택의 문제였고, 우연의 문제였다. 우리의 삶이 그러하듯 말이다. 우리는 '지금이 아니면 언제 또 와보겠나'라고 스스로를 옥죄며 무리하기보다는 여유롭게 여행하는 쪽을 택했다. 아무리 멀어도 하루 세 시간 이상 운전하지 않도록 여행 동선을 짰고, 장거리 운전으로 국경을 넘은 날에는 더 이상 무리해서 여행하지 않고 숙소에서 휴식을 취하기로 했다.

　우리가 방문했던 나라와 도시를 방문한 순서대로 정리하자면 프랑스의 파리·드랑시·랭스, 룩셈부르크, 벨기에의 브뤼셀, 네덜란드의 암스테르담, 독일의 하노버·베를린, 오스트리아의 빈, 체코의 프라하, 슬로

베니아의 류블랴나, 이탈리아의 베로나·베르첼리, 스위스의 제네바, 프랑스 트루아 등 10개국 15개 도시였다.

장거리 운전을 감내하고 빡빡한 일정을 따라 치열하게 뛰었다면 더 많은 곳을 여행할 수도 있었겠지만, 그것은 우리의 방식이 아니었다. 그런 여행을 할 스타일이었다면, 궁지에 내몰린 상황에서 엉뚱하게 '여행'을 택하지도 않았을 것이다.

가벼운 삶을 살았으니, 가벼운 여행을 선택한 것도 당연한 일이었다. 42일 후 현실로 되돌아갔을 때, 어떤 시간이 우리를 기다리고 있을지는 고민하지 않았다. 그와 나는 다시 또 그곳에서 그렇게 일상이라는 새로운 여행을 시작할 테니까.

아침 일찍 출국하는 일정이라 우리는 전날 자정에 부산에서 인천공항행 버스를 타야 했다. 공항버스 정류장까지 가기 위해 택시를 불렀고 우리의 캐리어를 실어주던 택시 기사님은 짐이 너무 무거웠는지 트렁크에 싣다가 한 차례 놓쳐버렸다. 이렇게 많은 짐을 싸서 여행을 떠난다니, 하며 기사님은 의아한 기색을 내비쳤지만 우리는 애써 모른 척했다.

 여행 계획을 어떻게 세울지 고민하면서 주변 사람들에게 5개월 후에 유럽 여행을 떠난다고 이야기하고 다녔다. 유럽 여행을 다녀온 사람들이 많이 있을 테고, 우리가 들을 조언이 많을 것 같아서였다.

단골집인 부산대학교 앞 카페 사장님이 캠핑카로 가족들과 유럽 여행한 이 야기를 해주시며 렌트보다는 리스로 차를 빌리면 장기 여행을 할 때 여러모 로 경제적이고 편하다고 조언해주었다. 렌트에 비해 리스는 장기간 빌릴 때 더 경제적이었지만 리스 업체가 렌트 업체보다 훨씬 적었다. 그러다 보니 프랑스에서 차를 리스해서 다시 프랑스로 돌아와 반납하고 일정을 마무리하는, 즉 인아웃이 프랑스인 여행이 되어버렸다. 그렇게 시계방향으 로 움직이는 여행 코스를 짜게 되었다.

여행을 떠나는 자에게 가장 든든한 준비

탑승수속 카운터에 섰다. 수화물 무게를 달 차례였다. 항공사 직원의 온몸이 휘청거릴 정도로 짐이 무거워 눈치를 보고 있는데, 그녀는 별다른 말을 하지 않았다. 캐리어에 너무 많은 걸 욱여넣었던 터라 수화물 초과 금액을 지불할 거라 각오했는데, 걱정과는 달리 추가금은 없었다. 아싸, 다시 손을 들어 올려 경쾌하게 하이파이브. 티켓에 표기된 탑승 시간과 게이트 넘버에 색연필로 동그라미 치며, 그녀는 새벽과는 어울리지 않는 미소를 지어주었다. 비행기 티켓 두 장과 각자의 여권만 달랑 들고서 우리는 가볍게 탑승수속 카운터를 통과했다.

사람들이 휘청거리는 새벽의 공항 대합실을 같이 걸으며, 나는 가만히 신랑의 손을 끌어 쥐었다. 그를 처음 만난 날, 그의 온기를 처음 느꼈던 것도 그의 손이었다. 내가 손잡는 것을 제일 좋아하는 것을 알기에, 그는 단 한 번도 나의 손을 뿌리친 적이 없다. 아무리 힘겨워도, 그의 손 안에 내 손을 밀어 넣으면 그 역시 가만히 내 손을 잡아주었다. 여행을 떠나는 자에게 가장 든든한 준비, 그건 바로 사랑.

외국 여행이라고는 일본이나 대만 정도 다녀본 것이 고작인 나에게 비행기 안에서 열세 시간을 보내는 일은 상당히 곤욕스러웠다. 챙겨 간 책을 읽기도 하고, 좌석 스크린에 있는 영화도 보고, 잠도 청해보았지만 어느 것 하나 집중이 되지 않고 시간은 정말 천천히 흘러갔다. 도대체 여행을 자주 다니는 사람들은 비행기 안에서의 시간을 어떻게 견디는 걸까? 정말 답답하고 힘들었다.

그래도 비행기 안에서 제공되는 두 끼의 식사는 처음 먹어봐서 그런지 맛있게 해치웠다. 양이 부족해 더 달라고 말해도 되나 소심하게 눈치만 보다가 결국 이야기하지는 못했다.

프랑스

"프랑스 바게트 먹어 보셨어요?"

유럽은 여러 개의 영화 세트장을 지나듯 간단히 우리 앞에 나타났다. 비행기 안에서 머물렀던 열세 시간도 거짓말 같았다. 시차가 크다 보니 한국에서 아침 9시에 출발한 우리가 샤를 드골 공항에 내린 시각은 겨우 오후 1시쯤이었다.

낯선 공항을 빠져나와 리스한 자동차를 찾고서, 우리는 프랑스의 도로 속에 처음으로 섞여들었다. 떠나온 것이 아니라 돌아온 것처럼, 익숙하게 느껴지는 간판들이 글자만 바뀐 채 획획 지나갔다.

우리가 예약한 한인 민박은 샤를 드골 공항에서 20여 분 떨어진 파리 외곽 마을에 있었다. 조용한 주택가 한복판에 자리한 가정집 문이 열리고, 이윽고 우리와 비슷한 외모의 여성분이 나타났다. 우리를 맞이하는 한국어 인사가 너무도 반가웠고, 그제야 안도의 웃음이 나왔다. 환하게 웃으며 우리를 맞이한 그녀의 이름은 '근영'이라고 했다.

민박집 사장님이 특별히 마련해주신 저녁을 먹고, 우리는 저녁 9시가 되기도 전에 곯아떨어졌다. 긴 이동 시간과 시차 등으로 워낙 피곤했던 터라 정신없이 잠에 빠져들었고 눈을 뜨니 새벽 2시였다. 24시간 중 가장 어정쩡한 시간.

침대 위에서 뒤척이다가 신랑은 새벽 4시쯤 드로잉북을 들고 거실로 내려갔다. 나는 눈을 감고 조금 더 이불 속에서 뒤척거리다 일어나 창문을 열고 프랑스의 새벽 공기를 맛보았다.

프랑스의 공기, 프랑스의 새벽, 프랑스의 아침… 국경 없는 것들에 국경의 의미를 더해 놓고서, 우리는 얼마나 많은 여행을 잃어버렸을까? 정말 공기가 달랐는지 내가 달라졌는지 모르겠지만 달라진 것들 속에 내가 있었다.

나는 자주 우울증으로 힘들어하고 여행에도 별로 관심이 없는 사람이다. 한국에서도 별달리 흥미를 느끼는 일이 없는 편인데, 언어가 안 통하는 외국에서, 외국 여행 경험이 많지도 않은 내가 혼자서 무얼 하고 싶은 생각은 별로 없었다.

다만 거금인 1,000만 원 정도를 들여 짝지와 함께 여행을 떠나왔기에 무언가를 기록으로 남겨야겠다는 나와의 약속은 있었던 것 같다. 읽을 책도 없고, TV에도 외국 프로그램뿐이고, 언어가 통하지 않는 외국인들과 함께 할 것도 없다 보니 혼자서 할 수 있는 게 그림 그리기밖에 없었던 것이다.

바람을 쐬며 바깥을 둘러볼 수도 있겠지만, 유럽의 야간 조명은 상당히 어두운 편이고, 덩치 큰 외국인들 사이를 지나치며 혼자 산책하는 것도 조금 겁이 났다. 낮동안 외출을 하고 돌아온 짝지는 숙소에 오면 샤워하고 간편한 복장으로 갈아 입고 있어 같이 나가자는 말도 꺼내지 못했다. 지금이야 나의 부탁이면 짝지가 다시 옷을 챙겨 입고 같이 밤 산책하러 나가줄 것이란 걸 알지만, 그때는 그 생각을 하지 못했다.

새벽 5시쯤 거실로 내려가니, 신랑은 혼자서 거실 불을 환하게 켜놓고 그림 그리기에 몰두하고 있었다. 42일간의 여정을, 그는 그림으로 기록하고 나는 글로 기록하기로 한 터였다. 신랑의 눈에 비친 여행은 어땠을까. 나는 그의 그림을 슬그머니 넘겨보았다. 새벽에 깨어 북적거리는 우리가 시끄러웠는지, 근영 씨가 잠이 묻은 눈을 비비며 거실로 들어섰다.

"우리 때문에 깼어요?"

"아니에요, 시차 때문에 대부분 손님들이 일찍 일어나세요. 저도 아침 준비를 해야 하고요."

커피 한 잔씩을 들고서, 우리 두 사람은 그림을 그리는 신랑 주위로 모여 섰다. 누구나 그러하듯 그녀 역시 그림을 그리는 신랑을 신기한 듯 바라보았고, 자신도 순수 미술을 공부하기 위해 파리에 왔노라고 말했다. 이제야 겨우 입학 허가가 나서 내년부터 드디어 학교 생활을 하게 되었다고 했다.

그러고 나서 그녀와 신랑은 그림과, 그림을 그리는 삶에 관해 한참 이야기를 나누었다. 이 먼 곳까지 달려온 그녀의 꿈은 무엇이었을까, 왜 누군가의 꿈은 먼 곳을 날아와서까지 이루어지고, 누군가의 꿈은 한낮의 백일몽처럼 사라지고 마는 걸까? 그녀의 꿈을 이루어내기 위한 그 모든 힘과 그런 그녀를 떠받쳐온 모든 것에 나는 조용히 경의를 표했다. 어쩌면 그녀를 밀어 올렸던 우연이나 불운에까지도.

"프랑스 바게트 먹어보셨어요?"

"아뇨, 아직요."

"제가 지금 나가서 사 올게요. 이 동네에 정말 맛있는 빵집이 있어요. 조식으로 저희는 그곳의 빵을 제공하거든요. 잠시만요."

곧이어 그녀가 사 온 빵은 정말 바삭하고 부드러웠다. 바게트는 그저 딱딱한 빵이라고만 생각했었는데 혀끝에 닿는 갓 구운 빵의 속살은 좋은 꿈처럼 보드라웠다.

한국에서 먹는 바게트와는 비교할 수 없는 맛이었다. 바게트를 만드는 재료가 한국과 달라서일까? 겉은 바삭하고 속은 부드럽고 식감은 매우 쫀득했다.

프랑스에서는 어딜 가나 바게트 가게가 있었다. 바게트 하나의 가격도 꽤 저렴하여 여행 중 종종 사서 간단하게 식사를 해결하곤 했다.

쏘세 주립공원에서 손잡고 산책을

드디어 프랑스에서의 첫날, 첫 번째 일정이 시작되었다. 그러나 우리는 '프랑스' 하면 모두가 떠올리는 그 어떤 관광지도 고려하지 않았다. 애초부터 우리는 전투하듯 관광지 곳곳을 돌며 사진 한 장 남기고 돌아서는 여행을 원하지 않았다.

프랑스뿐만이 아니었다. 42일간의 유럽 여행을 계획하며 우리는 국경 너머 도시에 가고 그곳에 사는 사람들을 만날 생각만 했을 뿐, 특정 관광지를 꼭 가야겠다고 마음먹지는 않았다. 본격적인 여행의 첫날, 우리가 한 일이라곤 지도를 보고 주변에 눈에 띄는 곳 하나를 골라 나선 것뿐이었다.

우리가 도착한 곳은 빌팽트Villepinte 지역의 쏘세 주립공원Parc Dèparte mental du Sausset. 큰 연못이 있는, 지역의 주민들이 자주 가는 넓은 공원이었다. 차를 주차하고 우리는 공원 입구로 들어섰다. 어느 학교의 현장학습인지, 다양한 피부색의 아이들이 하나로 어우러져 잔디밭을 뛰어다니고 있었다. 한적하고 고요한 공원에 울려 퍼지는 웃음소리가 참 반가웠다.

우리는 서로 손을 잡고서 연못 주변을 한 바퀴 빙 돌며 걷기로 했다.

프랑스 여행 첫날, 쏘세 주립공원에서.

이 먼 유럽 땅에 와서 제일 먼저 한 일이 둘이 손잡고 연못을 한 바퀴 도는 일이었으니, 사람들은 그게 뭐냐며 헛웃음을 지을지도 모르겠다. 그러나 우리는 그 오전의 고요가 참 좋았다. 한국과는 다른 무게로 내려앉은 이국의 적막과 멀리서 들려오는 웃음소리와 유난히 따스했던 햇살은, 지난 며칠 동안 분주했던 여행의 모든 기억을 말끔히 씻어주었다. 이름 모를 물새가 우리를 따라 연못을 같이 돌았고, 유난히 키가 큰 나무들이 심어진 길에서 신랑은 신이 나서 두 팔을 활짝 벌리고 뛰었다. 놀이 기구 꼭대기에 올라가 만세도 불렀다. 나도 신랑을 따라 춤을 추며 나무 사이를 뛰었고, 우리는 다시 또 적막한 들판을 경중경중 뛰었다.

영혼들의 집, 페르 라셰즈

우리의 다음 목적지인 페르 라셰즈Père-Lachaise는 파리에서 가장 큰 규모의 공동묘지였다. 나중에 찾아보니 페르 라셰즈에는 작곡가이자 피아니스트인 쇼팽Fryderyk Franciszek Chopin과 성악가 마리아 칼라스Maria Callas, 가수 에디트 피아프Edith Piaf 등 전 세계 유명 인사들이 안장되어 있었다. 물론 우리는 그 어떤 정보도 없이 그냥 가까우니 갔던 거였고, 넓고 고요한 그곳은 참 좋았다.

페르 라셰즈는 정말 아름다웠다. 누군가의 주검이 모여 있는 곳을 두고 이렇게 표현해도 될까 싶지만, 우리를 반긴 것은 분명 아름다움이었다.

'집' 때문이었다. 유럽의 묘지들이 다 그런지는 모르겠지만, 그곳에는 망자를 위한 갖가지 작은 건축물들이 있었다. 기둥이 있고, 지붕이 있고, 심지어는 창문이나 대문 같은 입구도 마련되어 있어서 내 눈에는 무덤이 영락없이 집처럼 보였다. 이름이 새겨져 있거나 생전의 사진이 붙은 그 작은 집들은, 그들을 떠나보내는 것이 아니라 그곳에 머물게 하려는 마음이 어려있는 것 같았다.

유명인이 안장되어 있어서인지 관광객도 많았다. 망자의 지인인지 묵연히 묘비 위에 손을 대고 한참을 서 있던 할머니도 보았다.

이곳에서 비로소 우리는 모두 같은 마음이 되는구나 싶었다. 그토록 많은 열망의 언어를 쏟아내던 사람들도 여기 이곳에서만큼은 모두 비슷한 말을 중얼거리고 있었으리라. 한마디 말도 섞지 않았고, 그들의 언어를 어차피 이해할 수도 없었지만, 그 마음만은 알 것 같았다. 말이 통하지 않아도 상관없는 곳. 살아남은 우리는 모두 여기에서 같은 기도를 하게 될 테니 말이다.

적막한 묘지를 한참 가로질러 걷다가, 우리는 어느 묘비 앞 작은 벤치에 앉아 점심을 꺼내 먹었다. 우리 앞에는 정말 거대한 집 모양의 묘비가 세워져 있었는데, 이 세상의 음식이 든 비닐봉지를 뜯으며 조용히 그 묘비의 주인에게 양해를 구했다. 빵을 먹기 전에 조금 뜯어 묘지 옆에 내려놓기도 했다. 전통이니 제사니 뭐 그런 것을 평소에는 신경 쓰지도 않지만, 어떻게든 마음을 표하고 싶어서였다.

아침에 크림치즈를 발라 담아둔 바게트와 편의점에서 산 음료를 꺼내 마시며 우리는 벤치에 앉아 두런두런 이야기를 나누었다. 몽마르트르 언덕의 근사한 카페도 아니었고, 햇살이 내리쬐는 광장의 한복판도 아니었지만 그 시간의 평온함은 그 어떤 것에 비할 수 없었다. 누군가 우리를 빙 둘러싸고서 슬쩍 우리의 음식을 넘겨보는 것 같은 기분이 들기도 했지만, 신경 쓰지 않았다. 모든 지상의 감정을 떨쳐내기라도 한 듯 묘지 위에 부는 바람 소리를 들으며 새처럼 빵을 뜯어 먹었다.

이 순간을 평생 잊지 말아야지, 내 곁에 함께 걷는 이 사람도. 다시 또 나는 신랑의 손을 슬그머니 끌어 잡았고, 그도 나의 손을 포근히 잡아 주었다.

개선문과 에펠탑, 이렇게 마주하다니

신랑은 유람선 표를 저렴하게 구매했다며, 야경을 볼 수 있는 유람선을 타보자고 했다. 유람선에서 야경을 보다니, 생각만 해도 설렜다. 나는 다시 또 좁은 방 안을 경중경중 뛰었고 신랑은 나에게 손가락질을 하며 웃어댔다.

저녁 6시가 넘어 숙소에서 나와 우리는 유람선 선착장으로 향했다. 해가 지는 모습을 볼 수 있으면 좋겠다고 말했지만 도로에는 이미 퇴근하는 차량으로 가득했다. 차가 막히기 시작하니 마음은 조급해졌고, 나는 조수석에서 연거푸 "안전 운전!"을 외쳤다.

"안전 운전, 안전 운전!"

우리가 탄 차는 주차된 차량 사이의 일방통행 길을 아슬아슬 내달리고 있었다. 자전거를 탄 사람이 보일 때마다 나는 천장에 달린 손잡이를 붙들고 비명을 질렀다.

"가만히 좀 있어요, 그게 더 방해돼요!"

낯선 도로에서 차량까지 몰려들자 가뜩이나 예민했던 신랑은 급기야 버럭 소리를 질렀다. 갑자기 분위기가 싸늘해졌다. 신랑은 애꿎은 경적을 울리며 핸들을 틀었고, 나는 멀뚱히 창밖에 보이는 파리의 저

녘 풍경만 두리번거렸다.

살다 보면 그렇게 어색해지는 순간들이 있다. 여행을 할 때도 그렇고 삶이라는 여행도 다를 것 없다. 우리 두 사람이 그런 순간을 이겨내는 방식은 '무작정 대피'였다. 잠시 그 차가운 시간으로부터 도망치는 것. 나중에 후회할 이야기를 내뱉어 서로에게 상처를 내기보단 일단 쏟아져 내리는 감정의 소나기로부터 잠시 피하고, 나중에 차분히 그 시간을 다시 더듬고 풀어가기.

나는 잠시 아무 말도 하지 않고 계속해서 창밖만 바라봤다. 신랑도 말 없이 핸들을 돌리는 데만 열중했다.

"우와! 자기야, 저거 봐요!"

아슬아슬하게 좁은 파리의 골목길을 내달리던 신랑의 팔을 흔들며 나는 또다시 크게 소리치고 말았다. 갑자기 눈앞에 나타난 거대한 건축물 때문이었다. 도로를 가득 메운 차들 끄트머리에 우뚝 선 그것, 바로 개선문이었다. TV나 영화에서나 보았던 그 개선문이 파리 한복판에서 우리의 눈앞에 우람하게 솟아 있었다.

"우와!"

"와… 저거 엄청 크네요, 그렇죠?"

신랑도 핸들을 붙든 채 거대하게 눈앞에 다가오는 개선문의 불빛을 멍하니 바라보았다. 우리가 그동안 생각했던 거대함보다 훨씬 더 거대

지우개질을
급하게해서
변전 자국

하고 육중했다. 하지만 개선문을 둘러싼 엄청난 회전 교차로와 그 주위를 도는, 정말 입이 떡 벌어질 정도의 자동차 행렬이 눈앞에 들어오자 우리 두 사람은 순식간에 얼어붙었다. 개선문을 감상할 때가 아니었다. 정말 한 번도 본 적 없는 거대한 자동차들의 물결이 개선문 아래를 빠른 속도로 돌고 있었다. 주춤거리는 사이에 우리는 회전하는 차량 사이에 끼어들지 못하고 밀려났다. 같은 자리를 벌써 몇 번째 빙빙 돌고 있었다. 저녁 노을은커녕, 혹시나 마지막 유람선마저 놓칠까 봐 전전긍긍했다. "이쪽이 아닌가 봐요, 저쪽인가 봐요" 하며 유턴만 반복하다 그 도로를 벗어나 다른 방향으로 핸들을 트니, 다리 너머로 화려한 금빛을 내뿜고 있는 뾰족한 무언가가 밤하늘의 한가운데에 우뚝 솟아 있었다.

그렇다, 이번에는 에펠탑이었다. 개선문에서 에펠탑까지 프랑스에서 절대 볼 일이 없을 것이라고 믿었던 것들이 선물처럼 우리 눈앞에 하나씩 모습을 드러내고 있었다. 잃어버린 길을 찾아야 한다는 사실도 잠시 잊은 채, 신랑과 나는 금빛으로 빛나는 그 거대한 건축물을 한참이나 넋을 놓고 바라보았다.

나중에 알고 보니, 신랑이 예약한 유람선은 바로 '바토무슈Bateaux-mouches'였다. 파리의 센Seine강을 따라 오르세 미술관, 퐁네프 다리, 노트르담 대성당을 지나 눈앞에서 금빛으로 번쩍이는 에펠탑까지, 이 모든 것을 놓치고 가서는 안 된다고 말하듯 유람선을 따라 파리의 주요 명소들이 하나둘씩 우리 앞에 모습을 드러냈다. 밤의 어둠 속에 오렌지

얼떨결에 마주한, 금빛의 에펠탑.

바토무슈의 마지막 지점인
금빛 에펠탑 아래에서,
우리는 서로를 꼬옥 끌어안았다.

빛의 불빛을 휘감은 채로.

바토무슈의 마지막 지점인 금빛 에펠탑 아래에서, 우리는 서로를 꼬옥 끌어안았다. 정말 상상도 하지 못했던 광경이었고 꿈조차 꾸지 않았던 순간이었다.

여행하는 시간 자체가 온통 선물이구나. 파리는 우리 두 사람을 설레게 하고, 놀라게 하고, 사랑에 빠지게 했다. 우리가 어디에서 왔든, 어떤 궁지로부터 도망쳐 왔든 상관없었다. 서로 다른 빛깔과 무게로 우리를 감싸고 있던 그 모든 시간의 숨결 하나하나가 우리를 축복하는 것만 같았다. 여행의 포근한 품속이었다.

쇼콜라 빵을 든 아이가 물었다

많이 피곤했는지 우리는 조금 늦게까지 잤다. 그래봐야 새벽 6시였지만, 우리의 몸이 이제야 프랑스의 시간에 순응하는 것 같았다.

눈을 뜨고 조식을 먹기 위해 옷을 갈아입는데 어디선가 근사한 노랫소리가 들려왔다. 노랫소리도, 피아노 선율도 아주 매끄럽게 이어지진 않았지만 그 아침에 그곳에서 듣는 음악 소리는 대단히 아름다웠다. 계단을 내려서니 숙소 사장님 부부가 아침 연주를 즐기고 있었다. 아내는 노래하고, 남편은 반주하는 그 모습이 너무도 아름다워 비현실적으로 보이기까지 했다. 막 잠에서 깬 듯 부스스한 모습으로 나란히 노래를 부르는 부부의 모습과 아침의 풍경이 묘하게 어우러졌다. 노랫소리에 깬 아이는 뒤뚱거리며 방에서 나와 노래하는 엄마 곁에 다가섰다. 엄마의 다리를 붙들고 서서 눈을 비비며, 아이는 익숙하고도 낯선 이방인인 우리를 넘겨보고 있었다. 익숙한 아침인 듯 근영 씨와 다른 직원들은 조식을 차리며 우리에게 환한 아침 인사를 전했다.

조식으로 크루아상과 쇼콜라 빵이 쟁반에 한가득 나왔다. '팽 오 쇼콜라Pain au Chocolat'는 '초콜렛이 든 빵'이란 뜻이라고 했는데, 상당히 담백했다. 바삭하고 또한 부드러운 빵을 채운 짙은 빛깔의 잼은 달다기보

다는 쌉싸래했고 그래서 조식으로 딱이었다. 우리는 또다시 환호성을 지르며 쟁반 한가득 담겨 있던 빵들을 모두 먹어치웠다.

꿈을 이루기 위해 파리로 건너와 10년을 지내다가 아내를 만났다는 사장님은 향기로운 빵을 앞에 두고서 지난 이야기들을 들려주었다. 흘러가듯 넘어온 국경, 다시 또 흘러가듯 그의 삶을 이곳에 머물게 했던 시간들, 그리고 운명처럼 유학생이던 아내를 만난 이야기까지…. 4,000킬로미터 떨어진 곳에서도 어떤 청춘은 끊임없이 자신만의 삶을 찾아 온 힘을 다하고 있었다.

"여기에 왜 왔어? 집에 가고 싶지 않아?"

먹지도 않는 쇼콜라 빵을 손에 꼭 쥐고 선 아이는, 어느새 내 곁으로 다가와 고개를 반짝 들어 올리고 물었다. 너무 어려운 질문이라 대답을 하지 못한 채 머뭇거리고 있는데, 이내 다시 다른 질문을 쏟아냈다. 처음 질문에도, 두 번째 질문에도 제대로 답하지 못한 채 나는 아이의 작은 어깨를 어루만졌다. 프랑스에서 태어나고 자랐어도 한국어를 잘하는 아이라고 칭찬하며, 슬그머니 질문에 대한 답은 피해버렸다.

나는 왜 떠나온 것일까? 어쩌자고 신랑은 이 여행을 시작하자고 했던 것일까? 갑자기 달라진 여행의 풍경 때문인지 아니면 비가 내리는 날씨 탓인지 프랑스에서 쇼콜라 빵을 들고서 나에게 했던 아이의 질문이 계속 귓가를 맴돌았다. 아름다운 기억을 남기고 싶었던 걸까, 아니 도피하고 싶었던 걸까. 그래, 도피. 우울증에서 벗어나 그는 자신감을 얻고 나는 안정감을 얻는 최선의 결과를 꿈꾸면서….

유럽을 한 바퀴 돌아 다시 파리로 돌아오게 되면 꼭 들르겠노라고 말했지만, 그들은 믿지 않았다. 그러지 않아도 된다고 했다. 환한 웃음으로 우리 부부를 배웅하며 건강히 좋은 추억을 만들라고 푸근한 덕담만 해주었다. 나는 꼭 다시 들르겠노라고 거듭 다짐했지만, 결국 그러지 못했다. 나의 확신은 틀렸고, 그들의 말이 맞았다.

제자리로 돌아오게 되더라도 우리의 확신이나 믿음은 제자리에 그대로 머물지 않았다. 제자리로 돌아왔다고 믿는 건 우리들뿐, 삶은 언제나 앞으로만 나아갔다. 삶이란 여행에서는, 뒤돌아 갈 수 없었다.

 파리의 멋지고 우아한 건물들에 반해 여행 말미에도 파리에서 숙소를 잡아 짝지랑 손잡고 거리를 걸어 다녀야겠다고 마음먹었다. 하지만 여러 곳을 여행한 뒤 프랑스에 돌아왔을 때 우울증과 무기력증으로 어서 빨리 여행이 끝나기만을 기도하는 상태가 될 거라고 전혀 예상하지 못했다.

기숙사 같은 랭스의 숙소에서

프랑스에서 두 번째 도시인 랭스Reims. 이곳 랭스의 숙소 관리인은 정확히 아침 5시 30분에 숙소 문을 열었다. 29분에서 30분으로 넘어가자 셔터가 스르르 올라갔고 관리인의 환한 미소가 우리를 맞이했다.

관리인이 안내해준 숙소는 호텔이라기보다는 기숙사 같아 보였다. 불편하지 않을 만한 저렴한 숙소를 찾는 것이 우리의 숙소 선택 기준이었기 때문에 번듯하진 않아도 넓은 욕실과 침대 두 개, 간단한 음식을 요리해 먹을 수 있는 주방까지 있으니 더할 나위 없었다. 신랑은 특히 넓은 책상을 좋아했고, 나는 밖으로 난 큰 창이 마음에 들었다.

기숙사처럼 나란히 놓인 침대에 누워 우리는 너무 편안하다고 연신 중얼거렸다. 우리가 지금 유럽에 있다니 아직까지도 믿기지 않는다고도 했다. 신랑은 밤늦게까지 잠이 오지 않는지 긴 책상에 앉아 그림을 그리고 또 그렸다. 나는 태블릿에 저장된 TV 프로그램을 보다가, 창밖에 선 나무를 구경하다가, 그림을 그리는 신랑의 뒷모습을 여러 장 카메라에 담았다. 그날의 그 고요하고 평화로운 밤을 그냥 보내기 싫어 한 글자 한 글자 기록에 남기다가, 다시 또 그림 그리는 신랑을 찍다가 이불 밑에서 발가락을 꼼지락거리다 잠이 들었다.

랭스 대성당에서 흘린 눈물

랭스 대성당은 생각보다 훨씬 더 거대했다. 무엇보다 성당 곳곳에 촘촘히 박힌 조각물들이 놀라웠다. 사람의 얼굴이기도 하고, 천사의 얼굴이기도 하고, 동물이나 악마의 얼굴이기도 한 가지각색의 조각물들이 칼처럼 솟은 첨탑들 사이사이에 숨어 있었다. 성당을 향해 고개를 들면 사람이든 동물이든 천사든 악마든 무엇이든 눈을 마주치게 되어 있었다. 의도한 것인지 나만의 착각인지 모르겠지만 신기하기도 하고 오싹해지기도 했다.

왜 저런 표정일까? 일부러 그런 걸까? 어쩌다 보니 그렇게 되었을까? 성당 입구에 늘어선 수많은 천사와 성인 동상 사이에서 유독 눈에 띄는 얼굴이 있었다. 그 얼굴을 보고 있으니 좀 전까지 등줄기를 타고 올라왔던 알 수 없던 두려움이 단박에 허물어지는 것 같았다. 아무리 둘러봐도 온화하거나 근엄한 표정뿐인데 유독 이 천사상의 표정만큼은 장난기가 묻어 있었다. 당장에 혀를 내밀어 '메롱!' 할 것만 같은 표정.

'근데, 신랑은 어디 있지?'

돌아보니 그는 성당 앞에 앉아 있는 누군가와 열심히 대화를 나누고 있었다. 가까이 다가가 보니, 커다란 스케치북과 연필을 들고 있는 외국

청년에게 신랑은 서툰 영어로 스마트폰에 담긴 자신의 그림을 보여주며 열심히 설명하고 있었다. 이 먼 곳에서 만나게 된, '일상 드로잉' 작가인 거리의 예술가 그는 참으로 반가웠던 모양이었다. 다행히 그도 이방인인 신랑을 반갑게 대해주며 신랑의 그림에 엄지손가락을 치켜세워 주었다. 신랑도 그의 그림이 좋다고 연신 "굿! 굿!"을 외쳐댔다. 머쓱하고 어색한 눈빛으로 서로에게 인사하는 두 사람은 언어가 통하지 않는데도 이미 서로를 다 알고 있는 듯한 표정이었다. 평생토록 그들을 하나로 만들어줄 '드로잉'이라는 세계어가 있기에….

 나는 언어에 관심이 없는 편인 데다 영어 공포증도 있다. 그래서 여행 내내 영어에 능한 짝지에게 기댔고 짝지 주변을 떠나지 않았다. 하지만 이때는 여행 초기였기에 '그림'이라는 공통점을 빌미로 외국인에게 말을 걸 용기가 생겼던 것 같다. "당신의 그림이 꽤 멋지다. 나도 한국에서 그림을 그리는 사람이다"라며 스마트폰에 저장된 내 그림 사진을 보여주었고 "내가 그리는 그림들이다"라는 말을 보디랭귀지를 섞어서 겨우 나누었다. 그림이란 공통점 덕분인지, 내가 그린 그림을 보여주자 그는 금방 경계를 풀고 관심을 보이며 내 그림에 엄지손가락을 치켜세워 주었다.

여행 중에 그림을 그리는 한국 사람들의 그림 종이는 보통 작은 편인데, 외국인들의 그림 노트는 큰 편이고, 연필을 주로 쓰는 것이 다르다면 다른 점이었다.

신랑은 랭스 대성당을 올려다보는 사람들 곁에 같이 누웠다. 워낙 높고 거대한 성당이다 보니, 관광객 대부분이 누워 대성당을 감상하는 모양이었다. 신랑은 알지도 못하는 금발의 청년들 곁에 같이 드러누워 한

참이나 대성당을 바라보았다. 그 순간 그는 한국인이 아니라, 지구인 같았다.

유럽에서 처음 마주하는 성당이다 보니 그저 밖에서 구경만 하다, 웃는 천사상 아래 작은 문으로 사람들이 드나드는 모습을 발견했다. 성큼성큼 안으로 들어가는 신랑을 따라 나도 문을 열고 성당 안으로 들어섰다. 세월이 켜켜이 쌓여 '삐그덕' 하고 열리는 문소리에 살짝 소름이 돋았다. 뒤이어 어두컴컴한 문 너머로부터 묵직한 공기가 밀려왔다.

노랫소리였다. 온통 사방을 울리는 노랫소리가 와락 나를 끌어안았다. 신을 위한 자리인 것 같은 까마득히 높은 천장을 가득 채우며, 합창단의 노랫소리가 어두운 성당 안에 울려 퍼지고 있었다. 긴 창문의 스테인드글라스로 쏟아져 내리는 빛은 우리의 발밑에 성화를 그렸고, 진동하는 노랫소리가 우리의 온몸을 휘감았다. 행사를 위한 노래겠지만, 왕들의 대관식이 있던 자리에 울려 퍼지는 아이들의 노래는 그 순간만큼은 마치 우리를 위해 준비된 것 같았다.

몸속 저 깊은 곳에서 나도 모르게 눈물이 차올랐다. 어느 TV 프로그램에선가, 성당에 들어서자마자 눈물을 훔치던 배우의 모습을 보

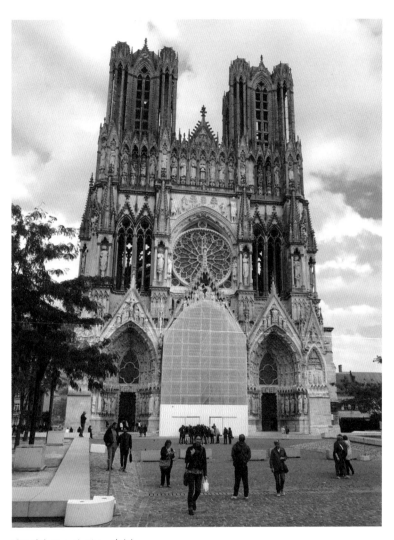

압도적인 모습의 랭스 대성당.

고 공감이 가지 않았는데, 어느새 나도 그녀처럼 눈물을 글썽이고 있었다. 오래전 영안실에서 보았던 아버지의 발가벗겨진 주검 이후로, 그토록 압도적인 광경은 처음이었다. 평생 신을 믿으며 살지 않았는데, 아니 오히려 신을 저주하며 살아왔는데, 남루한 내 영혼은 이미 그 앞에 무릎이라도 꿇은 것만 같았다.

신랑도 울었는지 얼굴을 손으로 쓸어내리며 다가왔다. 달아오른 두 눈을 깜빡이며 목을 가다듬었다. 그도 나처럼 그 모든 광경에 압도되었는지, 발갛게 상기된 얼굴이었다.

"정말 멋지죠?"

"그러게요, 정말 멋지네요."

"우리 이 순간을 잊지 말아요, 잊지 말고 살아갑시다."

신랑은 아무런 대답 없이 노랫소리가 가득한 성당 안만 두리번거렸다. 우리는 나란히 서서 한참 동안 합창단의 노랫소리를 들었다. 신랑은 성당의 구석구석을 천천히 돌며 카메라에 담았고, 나는 성당의 벽과 기둥과 의자를 손으로 어루만졌다.

앉는 자리에 무릎을 꿇고, 등받이에 기도하는 팔꿈치를 올려놓도록 만들어진 묵상 의자 앞에, 나는 한참을 서 있었다. 평생 신을 섬기며 살지 못했는데, 내 기도를 들어주실까? 지난날에 퍼부었던 그 지독한 저주를 모두 기억하실 텐데, 여기에서 무릎 한번 꿇는다고 나를 용서하실까?

이런저런 생각을 하다 차마 기도는 하지 못하고, 낡은 묵상 의자만 어루만졌다. 무수히 많은 이들의 기도가 새겨진 그곳에, 그렇게 가만히 서 있기만 했다.

호샤이트 언덕에서 두 팔 벌리고

다음 목적지인 룩셈부르크로 가기 위해 우리는 벨기에의 동쪽 끝을 지나쳐야 했다. 자동차를 몰고서 국경을 넘는 일은 처음이기에 조금 긴장했는데, 국경에는 작은 유로존 간판이 세워져 있을 뿐 그 어떤 표시도 존재하지 않았다. '표시'라고 할 것도 없었고 흔적조차 남아 있지 않았다. 길도, 산도, 들도 이어져 있었다.

우리의 숙소가 있는 호샤이트Hohscheid는 룩셈부르크 북부의 아주 작은 마을이었다. 숙소에 짐을 풀고서 우리는 마을 예배당 근처에서 점심으로 바케트를 먹었다. 배를 채우고서 적막한 시골길을 천천히 걷는 일은 평화로움 그 자체였다. 계절마다 심는지, 매년 다시 피는지 알 수 없었지만 집집마다의 창에는 색색의 꽃들이 고개를 내밀고 있었다.

낮은 언덕이 나타나 그 언덕을 올랐고, 키가 큰 나무 아래에서 보이지 않는 나무 꼭대기를 올려다보았다. 또한 소들이 흩어져 풀을 뜯는 언덕에 올라 벤치

에 나란히 앉아 온몸을 햇살에 말렸다. '좋다'는 말로는 한참이나 모자라, 연신 같은 음조의 탄성만 쏟아냈다. 신랑은 긴 벤치 등받이에 두 팔을 활짝 펼치고서, 흰 구름과 평원 위에 누운 소들과 쏟아지는 햇살을 둘러보다가 눈을 감았다. 나는 두 팔을 활짝 펴고서, 빙글빙글 제자리를 돌았다. 환호성을 지르며 돌고 또 돌았다.

저녁으로 한국에서 가지고 간 우거지 해장국을 데워 밥을 먹는데, 그렇게 달콤할 수가 없었다. 혹시라도 숙소에 냄새가 밸까 걱정되어 탈취제를 뿌리고 좁은 화장실에서 설거지를 하는데, 누가 먼저라고 할 것도 없이 배실배실 웃음이 새어 나왔다. 설거지까지 마치고서, 우리는 창턱에 커피 한 잔씩을 올려놓고 나란히 앉았다. 도로 쪽이 아니라 건물의 지붕 쪽으로 난 유난히 큰 창은 쓸모없어 보였지만 그것마저 좋았다.

둘 중에 누구 한 사람이라도 이게 뭐냐고, 왜 이렇게 숙소가 좁냐고, 돈을 조금 더 주더라도 제대로 된 곳에서 푹 쉬는 게 낫지 않느냐고, 뭐 이런 데를 예약했느냐고 투덜거렸다면 그 순간의 재미와 행복은 엉망이 되어버렸을 텐데 다행히 신랑도 나도 아무 말 하지 않았다. 그 순간 모든 것이 만족스럽고 아름다웠다.

"우리가 유럽까지 와서 이러고 앉아 있는 걸 사람들이 알면 다들 비웃을 거야, 그렇죠?"

신랑은 커피 잔에 대고 후후 불며 이렇게 대답했다.

"우리는 가난한 사람들이니까 괜찮아요. 여행에 정답이 어디 있어요?

각자의 방식이 있는 거지. 이 정도면 됐지, 뭐!"

신랑이 어디까지 생각하고 있었는지는 모르겠지만, 그때 나는 이 사람과 함께라면 초라하게 살아도 아름다울 수 있겠구나 싶었다. 화려하거나 번쩍거리지 않아도 재미있는 일들을 같이 즐기며 사는 삶이겠구나 싶었다.

조금은 상기된 신랑의 두 볼을 물끄러미 보다가, 아마도 상기되었을 내 두 볼을 신랑의 얼굴 앞에 들이밀었다. 그리고는 "재미나게 삽시다" 하며 중얼거리듯 말했다. 이번에도 신랑은 내 말에 대답하지 않았지만, 그때 이미 신랑의 대답을 들었다고 믿었다.

노트르담 대성당과 담담한 노랫소리

어디에서 들려오는지 알 수 없는 종소리에 우리는 눈을 떴다. 창문을 여니 생전 처음 들어보는 새소리가 '까까르락 까까르락' 하고 들려왔다.

숙소는 좁았지만 조식은 근사했다. 게다가 조식이 마련된 아래층 식당이 너무도 고풍스럽고 아름다웠다. 전형적인 유럽식 나무 식탁과 가지런히 놓인 음식들은 그들이 얼마나 단정하게 하루를 시작하는지 말해주는 듯했다.

조식을 마치고 다시 우리 방으로 올라가려는데, 숙소의 주인으로 보이는 중년 남성이 우리를 보고 어디에서 왔느냐고 물었다. 한국에서 왔다고 하니, 그는 눈을 크게 뜨고서 지난주 토요일에 집에서 김치를 담갔다고 했다. 나는 그의 말이 잘 이해가 되지 않아 아시안마켓 같은 곳에서 김치를 사다 먹었느냐고 물었더니 그는 아니라며 아내가 이따금 한국 김치를 담가 먹는다고 했다. 이렇게 먼 유럽의 작은 마을에서 한국 김치를 직접 만들어 먹는다니, 정말 놀라웠다. 호기심이 들어 어떻게 김치 만드는 법을 배웠느냐고 물었더니 아내와 딸이 한국 드라마와 노래를 매우 좋아한다고 했다. 인터넷을 통해 상당히 많은 한국 드라마를 보았고, 드라마에서 자주 나오는 한국인이 먹는 김치를 먹어보고 싶어 인

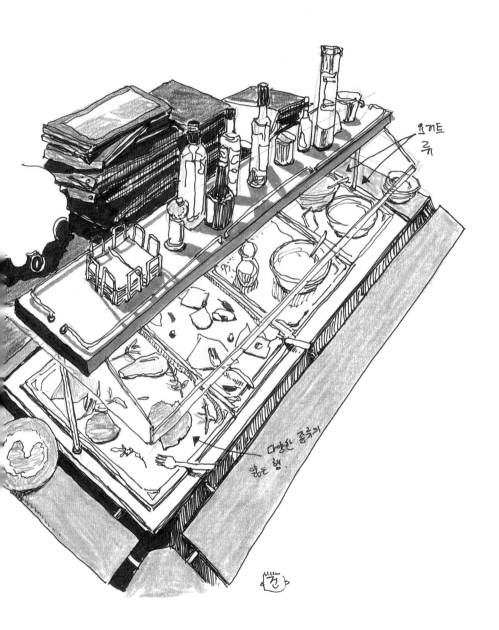

요거트
류

다양한 종류의
함을 모아

터넷으로 레시피를 찾아 재료를 주문해 직접 만들어 먹고 있다고 했다.

빠르게 변한 것들로 우리는 도대체 얼마나 가까워진 걸까? 그런데도 우리는 왜 그토록 고독해지는 걸까? 그는 내일 체크아웃을 하기 전에 자기 아내를 내가 한번 만나봤으면 좋겠다고 했고, 나는 가볍게 안 될 게 뭐 있겠느냐고 답변했다. 그의 아내를 만나고 싶다는 뜻이라기보단 고독해지지 말아야겠다는 다짐이었을 텐데, 그는 알겠다고 했고 나도 가볍게 웃음으로 답했다.

○

노트르담 대성당의 뾰족한 세 개의 첨탑은 룩셈부르크 어디에서나 보여 길을 안내해주는 이정표와 같았다.

프랑스 랭스 대성당에 이어 두 번째로 성당에 들어서는 것이어서, 노트르담 성당을 찾는 신랑도 나도 꽤나 설렜다. 역시나 나무로 된 문을 밀고 들어서자마자 느껴지는 압도적인 공간의 힘은 묵직했다. 규모는 비교적 작았지만 하늘을 향해 치솟은 높은 아치 모양 천장과 양옆의 스테인드글라스는 역시나 모종의 경외감을 불러일으켰다. 나는 무교인데 저절로 움츠러들어 기도하는 몸이 되어버렸다. 프랑스 대성당에서는 천사의 부름인 듯 아이들의 노랫소리가 성당 안을 가득 채웠었는데 이번에는 고요한 적막이 우리를 와락 끌어안았다. 숨소리마저 누군가 듣고 있는 듯했다.

지휘하는
할아버지

입을 벌린 채 성당의 아름다움에 감탄하는데 성당 한 가운데서 백발의 어르신 열다섯 분 정도가 한 사람을 앞에 두고 빙 둘러서는 모습이 보였다. 무슨 일인가 하고 돌아본 순간, 갑자기 가운데선 사람이 팔을 들어 올렸고 그의 동작에 맞춰 노랫소리가 성당 안에 울려 퍼지기 시작했다. 고요했던 성당 안은 어르신들의 노랫소리로 가득 찼다. 랭스 대성당에서는 아이들의 노랫소리를 들었는데 여기에서는 어르신들의 노랫소리를 듣게 되다니, 믿을 수 없는 우연에 나는 다시 탄성을 쏟아냈다. 믿지도 않았던 신의 환대라도 받은 것처럼 가슴이 먹먹해지고 말았다.

랭스 대성당 안에서 듣던 아이들의 노랫소리가 힘차고 아름다웠다면 룩셈부르크 노트르담 성당 안에서 듣는 어르신들의 노랫소리는 고요하고 담담했다. 힘차게 목소리를 높이지도 않았고 화려한 기교의 고음도 아니어서 그랬는지 잔잔하게 신에게 고하는 짧은 헌사 같기도 했다. 곧 만나게 될 서로를 향한 간단한 인사 같기도 했고.

룩셈부르크 사람들은 둘이 모이면 커피를 마시고, 셋이 모이면 악단을 만들고, 혼자 있으면 정원을 가꾼다는 말이 있다고 한다. 그만큼 주변을 가꾸고, 사람과 음악을 좋아한다는 뜻일 것이다.

점심을 먹고 나서 우리는 도시 곳곳을 다시 거닐었다. 장난을 좋아하는 신랑은 아이들 놀이터 한쪽을 차지하고서 애들처럼 놀았는데, 곁에서 놀던 한 아이의 엄마는 푸근한 인상으로 우리를 향해 웃어주었다. 밝게 인사하면 그들은 누구든 환하게 웃으며 인사해주었다.

커피를 마시거나, 노래를 하거나, 무엇으로든 함께해도 괜찮을 듯했다. 우리에게는 정원이 없지만 그런 사람들이라면 무엇이든 함께 가꿀 수 있을 것 같았다.

여행의 모퉁이에서 만난 사람

체크아웃을 준비하는 우리에게 사장님은 문을 두드리며 찾아와 방문객이 있다고 말했다. 내려가 보니 어제 아침에 말했던 그의 아내가 단정한 모습으로 문 앞에 서 있었다. 김치나 한국에 관해 이야기를 나눠달라며 한번 만나보라는 제안에 그러자고 한 것은 부스스한 모습의 아줌마들끼리 테이블 앞에 앉아 간단한 수다라도 떨자는 말이었는데, 그녀는 최대한의 예의를 갖춘 정장에 가까운 차림새였다. 짐을 꾸리다가 허겁지겁 내려온 내 차림새가 민망했다. 손님을 맞이하는 이 나라 사람들의 마음가짐이 이런 것인가 싶어 참 고맙고 또 부끄러웠다.

그녀와 나는 한참 동안 한국에 관해 이야기를 나눴다. 나의 영어 실력도 부족한 점이 있고 그녀 역시 영어가 완벽하진 않은 듯했지만 그럼에도 어떻게 김치를 만들게 되었는지, 어떤 드라마를 보았는지 등 각종 한국 이야기에 시간 가는 줄 몰랐다. 그녀는 유튜브로 한국에 관한 정보를 주로 얻는다며 한국의 문화와 음식이 너무도 매력적이라고 말했다. 내가 한국 사람이어서가 아니라 정말 그녀에게는 한국의 모든 것이 아름답게 느껴지는 모양이었다. 언젠가 한번 한국을 방문해보고 싶다고 말하는 그녀에게, 오게 되면 꼭 연락을 달라고 했다. 나의 집은 부산 근처

이니 부산에 오게 되면 연락하자는 말도 덧붙였다.

실제로 그해 크리스마스에 그녀는 SNS를 통해 가족의 파티 영상을 보내왔고 그 후로도 몇 차례 신년 인사를 주고받기도 했다. 그리고 그날의 추억처럼 우리가 주고받던 연락도 조금씩 뜸해지다 어느덧 연락이 끊겼다. 그러나 언제든 우리는 다시 또 연락하고 만날 수 있으리라 믿는다. 예상하지 못했던 여행의 모퉁이에서 우리가 만났듯이 어디에서든 우리는 다시 마주칠 수 있을 테니까.

우리에게 멋진 추억을 남겨주어 고마워요, Britta! 당신과 당신의 가족에게 행복하고 아름다운 시간이 함께하기를.

Hotel des Ardennes

33

03. 벨기에

'불타는 그랑플라스' 그림이 전한 충격

벨기에의 수도인 브뤼셀Brussels에서 생튀베르 갤러리Royal gallery of Saint Hubert에도 갔고 그랑플라스Grand Place에도 갔지만, 가장 기억에 남는 것은 벨기에 역사 박물관에 있던 불타는 그랑플라스를 그린 그림이었다. 미술에 문외한이라 완성도가 뛰어난 그림인지 알 수는 없었는데도 오렌지 빛 불길에 휩싸인 그랑플라스의 그림은 꽤 충격적이었다. 좀 전까지 화려하기만 했던 그랑플라스의 금빛 모습을 보고 올라왔던 터라 더욱 그랬다. 실제 프랑스 침략 때 불길에 휩싸인 그랑플라스의 모습을 그림으로 옮긴 것이라고 하는데, 가장 내밀하고 깊숙한 곳에 들어와 있는 것처럼 몸이 오그라들었다. 눈에 보이는 그 모든 화려함의 너머를 일깨우기라도 하는 것처럼 그림 속 타오르는 불길은 그림

083

나는 그 큰 그림에 매달려서 그림을 그렸을 어떤 사람들을 생각했다.
가장 화려하고 눈부신 빛깔로 드넓은 캔버스를 채우며, 온몸으로 기었을 그들을.

밖까지 솟아올라 나를 붙들고 있었다.

○

벨기에 왕립미술관Royal Museums of Fine Arts of Belgium에 들어서자 정갈한 고딕체의 한글 간판이 우리를 맞았다. 일주일 남짓 되었을 뿐인데, 먼 나라에서 내가 알아볼 수 있는 글자들을 마주하니 너무도 감격적이었다.

왕립미술관의 규모는 엄청났는데, 신랑도 나도 유독 루벤스Peter Paul Rubens(1577~1640)의 그림이 걸려 있는 방 의자에 한참을 앉아 있었다. 그림을 보는 것뿐만 아니라 그림과 함께 있다는 느낌이 기묘하게도 설렜다. 신랑은 그림의 무엇을 보고 있었는지 모르겠지만, 나는 그 큰 그림에 매달려서 그림을 그렸을 어떤 사람들을 생각했다. 가장 화려하고 눈부신 빛깔로 드넓은 캔버스를 채우며, 온몸으로 기었을 그들을.

 미술관의 작품처럼 특별한 주제를 다루거나 사이즈가 큰 작품을 그리지 않고 주로 쓰는 재료 또한 펜, 마카, 색연필이 고작이라 미술관의 작품들이 나에게 큰 영감이나 영향을 주진 않았다. 거대한 사이즈가 주는 압도감 정도 있었을 뿐이다.

나는 내가 예술가라고 생각하지 않는다. 그저 일상을 그림으로 기록하는

사람 정도로만 인식하다 보니 예술가들의 작품이 내게 그렇게 특별하게
다가오진 않았다.

04.   네덜란드

호헤 벨루베 국립공원에서 캠핑을

에인트호벤Eindhoven의 한 쇼핑몰 지하에 주차를 하고 밖으로 빠져나오자, 북적이지 않는 중소 도시의 경쾌한 일상이 우리 앞에 펼쳐졌다. 금발의 아이들 한 무리가 들고 가다 놓친 공 하나가 정확히 우리 쪽으로 날아왔다. 나는 피하지 않고 그 공을 가볍게 손으로 퉁겨 다시 아이들 쪽으로 보냈고, 아이들은 '미안합니다'이거나 '고맙습니다'로 추정되는 네덜란드말을 우리에게 건넸다. 알아들을 수는 없었지만, 우리는 "괜찮다"고 말하며 아이들에게 웃어주었다. 아이들 역시 알아듣지 못해도 그 의미를 충분히 이해했을 것이다.

네덜란드 일정은 4박 5일로, 조금 느리고 여유로운 여행을 하기로 했다. 그래서 예약한 곳은 캠핑장 안의 숙소. 여러 개의 골프 코스와 공원이 있는, 마을 하나 정도 크기의 녹지대였다. 캠핑장이 그렇게 클 줄은 상상도 하지 못했다. 나중에 알고 보니 네덜란드의 국립공원 중에서 제일 큰 호헤 벨루베De Hoge Veluwe 국립공원이었다.

입구를 찾지 못해 주위를 계속해서 맴돌며 헤맸다. 어렵사리 찾은 캠핑장의 입구는, 큰 도로에서 빠져나가 녹지대의 샛길을 한참이나 따라 들어가야 나오는 숲속에 있었다. 그토록 헤매며 다녔는데도, 우거진 숲길을 따라 들어서니 조금씩 설레기 시작했다. 숲속에서 며칠을 보내다니, 생각만 해도 너무 좋았다. 벨기에서 괜스레 복잡해진 머릿속을 비로소 비워버릴 수 있을 것 같았다.

너무도 조용하고, 적막하고 또 아무에게도 방해받지 않는 평화로운 숲속 한쪽에 우리의 숙소가 자리하고 있었다. 숙소 외부는 컨테이너 박스 형태로 다소 단조로워 보였지만 내부엔 넓은 주방과 거실, 기다란 소파와 테이블, 두 개의 방, 가짜이긴 했지만 빨갛게 불타오르는 것 같은 벽난로까지 우리 두 사람이 충분히 휴식을 취하기에 완벽했다.

빨갛게 타오르는 벽난로를 켜놓고, 창문과 문을 활짝 열어 환기했다. 주방에서 써야 할 프라이팬도 뜨거운 물에 담가 미리 씻어두었다. 겉보기에 허름해서 뜨거운 물이 잘 나오지 않으면 어쩌나 싶었는데, 그건 기우에 불과했다. 한국의 우리 집만큼이나 더운물이 콸콸 쏟아졌다.

신랑도 넓은 숙소가 마음에 들었는지 커다란 테이블에 그림 도구들을 펼쳐놓고 자신만의 작업실을 만들었다. 나는 침실에 있는 이불과 베개를 털고 그 위에 가지고 간 담요를 깔았다. 호텔만큼 뽀송뽀송하지는 않았지만, 담요를 깔고 누우니 스르르 눈이 감겼다. 네덜란드에서 첫날 밤이었다.

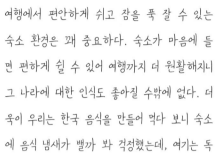

여행에서 편안하게 쉬고 잠을 푹 잘 수 있는 숙소 환경은 꽤 중요하다. 숙소가 마음에 들면 편하게 쉴 수 있어 여행까지 더 원활해지니 그 나라에 대한 인식도 좋아질 수밖에 없다. 더욱이 우리는 한국 음식을 만들어 먹다 보니 숙소에 음식 냄새가 밸까 봐 걱정했는데, 여기는 독채라 편하게 쓸 수 있어 아주 흡족했다.

네덜란드는 주차비가 매우 비쌌는데, '그래서 사람들이 자전거를 타고 다니나' 싶을 정도로 길거리에 자전거가 많았다. 숙소가 도심 외곽에 있어 암스테르담 도심에서 보낸 시간은 짧았지만 '암스테르담' 하면 도심 곳곳의 운하와 전차가 떠오른다. 자전거, 전차, 운하…. 운치가 느껴질 수밖에 없는 조합이다.

같이 해봅시다

아침 빗소리에 눈을 떴다. 숙소의 얇은 천장은 나무들 사이로 떨어지는 빗소리를 고스란히 들려주었다. 토톡 톡톡톡…토톡 톡톡톡.

새벽에 일어나 그림을 그리고 있던 신랑은 한국으로 돌아가면 시작할 드로잉 수업을 위한 홍보 영상을 찍어야 한다며 나에게 스마트폰을 내밀었다.

수천 킬로미터나 떨어진 이국땅 네덜란드 국립공원의 캠핑장에서 신랑은 스마트폰 카메라를 향해 자신이 어떤 사람인지, 어떻게 드로잉 작가가 되었는지, 어떤 그림을 그리고 싶은지, 어떻게 수업을 진행할 생각인지 조용조용 이야기했다. 일상을 기록하는 작업을 하며 일상 드로잉 작가로 살아가는 실험을 하고 있는 중이라고 말했는데, 그 순간 인터뷰 영상이 아니라 모종의 자기 고백이나 다짐처럼 들렸다. 노동자들을 대상으로 하는 드로잉 수업에 대해 설명하면서 10여 년 가까이 몸담았던 현장 노동이 자신에게는 어떤 의미였는지, 노동의 시간을 그림으로 기록하는 작업이 어떤 의미가 될지도 말해주었다. 무엇이 될지, 정말 생각한 대로 이루어질지는 알 수 없지만 그래도 같이 해보자고 했다.

우리 나름대로 꽤 풍성한 한국식 아침을 차려 먹고 숙소를 나와 암스테르담Amsterdam으로 향했다. 올림픽 스타디움역에 주차를 하고 나오니, 5유로로 대중교통을 무제한으로 이용할 수 있는 환승 티켓을 손에 쥘 수 있었다. 주차장을 나와 전차에 오르니, 비로소 유럽에 와서 처음으로 전차를 탔다는 사실을 깨닫게 되었다.

네덜란드는 주차비가 상당히 비싸서 올림픽 스타디움역에 주차를 하고 5유로짜리 환승 티켓을 이용했다는 여행객들의 블로그 후기들이 있었다. 이 후기들을 참고하여 우리도 이곳에 주차를 했다. 여행객뿐만 아니라 네덜란드인들도 여기에 주차를 많이 하다 보니 한 시간이나 지루하게 줄을 서서 기다려야 했지만 충분히 감수할 만큼 주차비가 저렴했다.

파란색과 흰색의 몸체에, 나란히 위치한 노란색 알전구가 목적지와 번호를 밝히는 네덜란드의 전차는 참 매력적이었다. 온종일 전차를 타고 암스테르담 시내를 둘러보아도 근사한 여행이 될 것 같았다. 시간이 있다면 정말 그렇게 도시를 둘러보고 싶을 정도였다. 나중에 체코에서도 전차를 탔지만 개인적으로 암스테르담 전차에서 들리던, 종을 치는 듯한 높고 맑은 안내음 소리가 참 좋았다.

암스테르담 중앙역 광장의 풍경은 웅장하다기보다는 귀여웠다. 한 도시의 가장 큰 역 앞의 커다란 광장을 두고 '귀엽다'는 표현이 어울리지 않겠지만, 내 눈에는 정말 그렇게 보였다. 한국처럼 고층 건물에 둘러싸이지 않았기 때문이기도 하겠지만 중앙역 건너편에 나란히 선 장난감 블록 같은 건물들과 성 니콜라스 성당Church of Saine Nicholas의 풍경, 게다가 그 아래로 천천히 다리를 지나는 전차를 보고 있으니 누군가 오래전에 시간의 태엽을 감아놓은 것 같았다. 우리는 장난감 세계에 초대

된 손님이었다. 정말 사람이 많았는데 이 모든 것이 장난감이라고 생각하니 분주하기보다는 예뻐 보였다.

성 니콜라스 성당의 위치는 이전에 보았던 다른 성당들과는 사뭇 달랐다. 사방으로 사람들이 오가는 중앙역 건너편 도로에 붙어 있었는데 왜 이런 곳에 성당이 있을까 하고 처음에는 좀 의아했다. 차분하고 경건

해지는 일 자체가 불가능할 정도로 성당 앞은 너무도 소란했다.

　그러나 짧은 계단을 올라 성당 문을 여니, 내 모든 걱정은 기우에 불과하다는 걸 알 수 있었다. 겨우 문 하나뿐이었는데 소란하게 들려오던 그 세상의 모든 소리가 순식간에 차단되었다. 오로지 조용히 기도를 준비하는 사람들의 소곤거림만 있었다. 랭스 대성당이나 룩셈부르크 노

장난감 세계처럼 느껴지던 암스테르담 중앙역 광장.

우리는 장난감 세계에 초대된 손님이었다. 정말 사람이 많았는데
이 모든 것이 장난감이라고 생각하니 분주하기보다는 예뻐 보였다.

트르담 성당처럼 까마득히 높거나 웅장하지는 않았지만, 사람들의 기도가 울려 퍼질 만큼 충분히 높고 넉넉했다.

성당의 입구에는 성수반(聖水盤: 성수를 담는 그릇)이 있었는데, 그 앞에 아이를 안은 한 가족이 있었다. 아이를 안은 남성이 조심스레 성수를 찍어 제일 먼저 품에 안은 아이의 이마에 바르고 그다음 곁에 선 아내의 얼굴에 바르고 맨 마지막에 자신의 이마에 성수를 적셨다. 그들 뒤로 부부인지 남매인지 알 수 없었지만 발달장애인으로 보이는 남녀가 다정하게 서 있었다. 남성이 성수를 자신의 이마와 어깨에 찍고서 곁에 있는 여성에게 돌아서자, 그 모습을 지켜보던 그녀도 성수를 찍어 자신의 이마와 볼에 바르고 어깨에 적셨다. 그때 그 모습을 바라보던 남성이 살짝 웃었는데, 그 순간 내 머리 위에서 엄청난 종소리가 들리는 것만 같았다. 축복 같던 랭스 대성당의 노랫소리가, 룩셈부르크 노트르담 대성당의 노랫소리가, 내 머리 위에서 다시 울려 퍼지는 듯했다.

조심스럽게 나도 성수반 앞에 다가갔다. 주변머리도 없고 면구스러워 한 번도 그래본 적이 없었는데, 머뭇거리며 성수반 안으로 검지를 밀어 넣었다. 생각보다 미끄덩거리는 성수를 찍어 이마에 바르는데 온몸에 살갗이 쭈뼛 섰다. 그 순간을 놓칠 새라 재빨리 신랑에게 아무 일이 없기를, 우리 두 사람의 가정이 평화롭기를, 그리고 좀 전에 이곳에서 성수를 찍어 이마에 바르던 두 사람에게도 평화가 닿기를, 마음속으로 기도했다.

신을 섬겨본 적이 없는 내가 이래도 되나 싶은 생각은 더 이상 하지 않았다. 그 순간 이미 신을 만난 것 같았다. 성수반 앞을 지나는 이가 누구든 신은 그들의 손을 끌어 잡고 있겠구나, 하는 생각이 들어 조용히 눈을 감았다.

 짝지는 어떤 여행지에서든 깊이 감동을 하곤 했는데, 당시 나는 벌써 유럽의 성당 모습이 다 비슷비슷해 보여서 안에 들어가 구경하는 일에 심드렁해졌다. 짝지가 경이로워하며 여기저기 구경하고 동영상으로 성당 모습을 촬영할 동안 나는 짝지의 구경이 얼른 끝나기만을 의자에 앉아서 기다렸다.

조용한 암스테르담 골목에서

광장 너머 운하를 따라 걷다가 골목 안으로 들어서자 비로소 고요한 평화가 찾아왔다. 우리는 천천히 걸어 안네 프랑크Anne Frank(1929~1945)의 집 앞까지 찾아갔지만 안으로 들어가지는 않았다. 내부는 사람들로 붐볐고, 사람이 많은 곳은 이제 좀 피하고 싶었다.

무작정 사람 없는 곳을 찾아 우리는 암스테르담 골목길을 이리저리 거닐었다. 그러다가 관광객이 결코 찾지 않을 것처럼 보이는 체육 센터 같은 곳 앞에 멈춰섰다. 점심을 먹어야 했지만, 시끌벅적한 식당 안에서 평화로움을 가장하며 식사하고 싶지는 않았다. 체육 센터 안에 들어서니 통유리 너머로 수영장이 건너 보이는 작은 카페가 있었고, 카페 안에는 부모들이 자기 아이들이 수영하는 모습을 여유롭게 바라보고 있었다. 그곳에 사는 주민들의 공간인 모양이었다. 우리는 그들 사이에 조용히 자리를 잡고 앉았다. 그제야 안도의 숨이 쉬어졌다.

다른 테이블을 보니 맥주와 감자튀김을 먹고 있었는데 제법 푸짐하고 맛나 보여 우리도 맥주 두 잔과 감자튀김을 시켰다. 네덜란드까지 와서 식사로 감자튀김이라니, 정말 말도 안 된다고 생각할 수도 있겠지만 그때의 우리 두 사람에겐 충분히 풍족하고 어울리는 식사였다. 이틀 후

김비
여사님.

에 반고흐 미술관Van Gogh Museum에 가기 위해 다시 암스테르담을 찾았는데, 그때도 우리는 그 체육 센터에 들러 똑같이 감자튀김과 맥주를 시켜 먹었다.

여행 경비 좀 아껴보겠다고 그렇게 많은 식당을 외면한 채 돌고 돌다가 우연히 발견한 스포츠 센터 안의 카페. 감자튀김과 맥주는 정말 맛있었다. 색다른 소스도 맛있었고, 감자 자체가 두꺼워서 든든하게 한 끼를 해결할 수 있었다.

만찬이란 수만 가지 음식일 뿐 모두에게 완벽한 만찬은 어쩌면 존재하지 않는 것인지도 모른다. 신랑과 나는 그 어떤 때보다 완벽한 식사에 다시 손을 들어 하이파이브를 했다. 우리 둘만의 만찬이었다.

아무 데도 가지 않고, 그 무엇도 하지 않는

오늘 여행의 목적은 엉뚱하게도 '빨래'였다. 말 그대로 10여 일간 묵혀두었던 빨랫감들을 해치워야겠다고 마음먹은 날이었다. 마침 일요일이었고, 특별히 목적지도 없어 느지막이 잠에서 깨어 늦은 아침 식사를 했다. 나와 같이 설거지를 한 후에 신랑은 세탁실의 위치도 확인할 겸 캠핑장을 한 바퀴 뛰고 오겠다며 숙소를 나섰다.

나는 빨래할 옷들을 분리해놓고, 촬영해둔 영상들을 정리했다. 신랑은 땀에 흠뻑 젖어 돌아왔지만, 끝내 세탁실을 찾지 못했다고 했다. 체크인할 때 받은 지도를 펼쳐 놓고서 세탁실 표시가 된 지점에 가보았느냐고 나는 물었고, 신랑은 가보았지만 찾을 수 없었다고 했다. 생각보다 캠핑장이 너무 크고 넓어 도무지 감이 잡히지 않는다고 말했다.

점심을 간단히 먹고서, 우리는 그 넓은 캠핑장을 헤매고 다녔다. 길이 대부분 흙길이거나 자갈길이어서, 지도에 난 길이 그 길인지 확신이 서지 않았다. 마침내 세탁실을 찾아 안도의 숨을 내쉬는 것도 잠시, 이제 난생처음 보는 기계와 맞닥뜨리는 일이 남아 있었다. '외국 세탁기도 뭐 별 다를 게 있겠어?' 하던 내 예상을 조롱하듯, 거대하고 단단해 보이는 기계는 쉽게 움직여주지 않았다. 일단 버튼이 너무 많았다. 게다가 우리

나라 가전제품처럼 기호나 그림 같은 것도 없이 글자만 적혀 있어서 도무지 무엇을 눌러야 할지 감이 오지 않았다. 일단 동전은 넣었는데, 그 다음부터는 막막했다.

나는 애써 침착을 가장하며 번역 앱을 이용해 마침내 작동 버튼을 찾고 눌렀다. 그런데 옆에 있는 거대한 건조기에는 도무지 동전이 들어가지 않았다. 분명히 체크인 카운터에서 빨래를 하기 위해 돈을 지불하고 세탁기에 넣는 동전 두 개를 받아서 왔는데, 건조기에는 동전조차 들어가지 않아 이상했다. 다른 사람에게도 물었지만, 방법을 아는 사람은 없었다.

별 수 없었다. 나는 체크인 건물로 뛰어가 다시 물었고, 직원은 건조기용 코인은 따로 있어 그걸 구입해야 한다고 했다. 처음에 구입하라고 제안했을 때 왜 구입하지 않았느냐며 그는 오히려 나에게 되물었다. 그제야 나는 첫날 빨래를 하기 위해 코인을 구입할 때, 직원이 '드라이클리닝'을 말하던 순간이 떠올랐다. 그에게 내가 잘못 알아들었던 것 같다며 미안하다고 사과했고, 드라이클리닝 코인을 받아 들고 세탁실로 돌아왔다.

드라이클리닝 동전을 넣자, 그제야 굉음을 내며 돌아가는 거대한 건조기를 보며, 우리는 다시 또 작아졌다. 여행이란 결국 작아지는 일이고 작아진 나를 깨우치며 다시 또 커지는 일이구나 싶었다. 오늘은 정말 '빨래'라는 참으로 의미 있는 여행을 한 기분이었다.

과연 짝지가 아니었다면 여행할 엄두조차 낼 수 있었을까. 세탁기를 다루는 일 하나도 그렇게 힘들게 해결하고 나니 대단한 미션을 클리어한 것만 같아 짝지와 나는 서로를 두드리며 씨익 웃었다.

빨래가 되는 동안 우리는 캠핑장 입구의 반대편 숲길로 천천히 걸어 올라갔다. 굵고 큰 나무들이 양옆에 높다랗게 솟아 있었다. 마치 우리 두 사람만을 위해 열린 길 같았다. 수북이 낙엽이 쌓였고, 오독오독 발 밑에 나무 열매가 밟혔다. 신발 밑창에 작고 동그란 열매가 닿는 느낌, 온 힘을 다해 내 무게를 버티는 작은 열매의 안간힘, 그러다가 마침내 발밑에서 퍽 뭉개지는 감촉.

산나무 열매들이 발아래 뭉개지고 한 해를 살아낸 마른 잎사귀들이 부서지는 소리를 듣다가 신랑은 갑자기 두 팔을 활짝 펴고서 우리 앞에 열린 길로 나풀거리며 뛰어나갔다. 새의 몸짓을 흉내 내듯 새처럼 날갯짓도 했다. 이리저리 뛰어다니는 신랑의 뒷모습을 보며 깔깔거리며 웃다가 이번에는 신랑에게 스마트폰 카메라를 내맡기고서 내가 두 팔을 활짝 펴고 이리저리 춤을 추며 뛰었다. 뛰다가 시큰해진 무릎을 두드리면 내 뒤에서 스마트폰를 든 신랑의 웃음소리가 크게 들려왔다.

다시 신랑은 나에게 스마트폰을 맡기고서 두 팔을 펴고 날갯짓을 하며 뛰었고, 뛰다가 바닥에 가득한 낙엽을 끌어 모아 영화의 한 장면처럼 나에게 내던졌다. 또다시 나도 신랑에게 스마트폰 카메라를 맡기고서 낙엽을 끌어 모아 그에게 던졌고, 신랑과 나의 웃음소리는 점점 더 커졌다. 인적 없는 호젓한 산길에서 우리는 그렇게 마음껏 뛰고 날았다.

 사람들이 짝지를 보면 우아하다고들 하는데, 짝지는 나와 단 둘이 있으면 장난을 많이 친다. 인적이 드문 숲속에 있다 보니 동심으로 돌아간 것처럼 까르륵까르륵 신나게 뛰어다니며 놀았다. 나는 여행할 때 '누구와 여행을 하는지'를 가장 중시하는데, 짝지와 하는 여행은 늘 신나고 재미있다.

그날은 분명 아무 데도 가지 않았고 또 아무것도 하지 않았는데, 여행을 모두 끝낸 요즘도 그때 그 순간이, 그 뜀박질이 자주 생각난다. 신랑은 빨래를 가지러 가는 길에도 캠핑장에 마련된 아이들 놀이터에 뛰어들어 나무로 된 놀이기구를 타며 아이처럼 좋아했고, 나 역시 신랑을 따라 놀이기구를 타려다가 넘어져 모랫바닥에 주저앉았다. 신랑은 또 그런 나를 보며 웃었고, 나는 그런 신랑을 보고서 씩씩대며 환하게 웃었다.

빨래는 끝났지만, 힘들게 건조기에 돌렸던 빨래들은 완전히 마르지 않았다. 우리는 숙소로 돌아와 빨래들을 가짜 벽난로 앞에 주욱 늘어놓

아 말렸고 그 앞에서 우리의 몸도 말렸다. 꿉꿉한 냄새가 풍기는 숙소 안 가짜 벽난로 앞에 나란히 앉아 있던 우리는 몸은 물론 마음속까지 뽀송뽀송해지는 것 같아 기분이 좋았다. 여행의 한가운데였다.

반고흐 미술관, 죽어가는 꽃의 빛깔

우리 두 사람에게 가장 만족스러운 여행지 중 하나가 바로 '미술관'이었다. 더욱이 벨기에에서도 왕립 미술관에서 느꼈던 감흥이 남달랐기에, 암스테르담에서 반고흐 미술관을 가장 가보고 싶었다. 신랑은 고흐의 그림처럼 짙은 노란색 셔츠를 입고 숙소를 나섰다.

반고흐 미술관에 가기 위해 여러 가지 정보를 찾았는데, 현장에서 티켓을 사는 것보다는 인터넷으로 미리 구입해 가는 편이 낫다는 이야기가 제일 유용했다. 예매하지 않고 현장에 갔는데 당일 판매분이 모두 소진되면 그날은 반고흐의 그림을 볼 수 없다고 했다.

다행히 나는 미술관으로 향하는 전차에서 티켓 예매에 성공했고, 오디오 가이드를 빌려야 하느냐를 두고 잠시 망설였다. 하지만 신랑은 이곳에서만큼은 편하게 감상하자며 오디오 가이드를 신청하자고 했다. 그래서 2인 입장료와 오디오 가이드 대여료까지 합쳐서 44유로를 썼다.

현장에 도착하니 매표소에는 이미 긴 줄이 늘어서 있었다. 오는 길에 인터넷으로 표를 구입한 일이 얼마나 잘한 일인지! 신랑과 나는 반고흐 미술관 계단을 내려오며 기쁨의 하이파이브를 했다.

짐을 맡기고, 오디오 가이드를 빌려 목에 걸고, 드디어 반고흐 미술관

에 들어섰다. 고흐의 엄청난 유명세만큼 미술관은 수많은 관람객으로 북적였다. 고요하고 평화로운 전시관이 아니라 마치 아직 입장을 하지 못한 관람객들의 대기실처럼 혼잡했다. 그럼에도 한 가지 큰 위안이 되었던 것은 오디오 가이드였다. 사람들로 북적이는 그림 앞에 서서 오디오 가이드를 귀에 꽂으면, 그림에 관한 설명이 조곤조곤 들려왔다. 그림의 번호를 누르면, 눈앞에 있는 그림에 대한 숨은 이야기들 그리고 그림을 그릴 당시 고흐의 심리 상태, 표현 기법까지 친절하게 설명해주었다. 굉장히 복잡한 미술관에서 수많은 사람과 함께 그림 앞에 서 있는데도 오직 나만을 위한 전시인 것처럼 오롯이 작품에 집중할 수 있었다.

설명을 들으며 새롭게 알게 된 사실이 많았다. 그토록 엄청나게 많은 그림을 그렸는데도 고흐가 작품 생활을 한 것은 고작 10년 남짓이라는 것, 정신병원에 있을 때조차 거의 하루에 한 작품씩 그려낼 정도로 그림에 몰두하여 생을 보냈다는 것, 자화상을 유독 많이 그린 이유는 모델료를 지불할 돈이 없어 자기의 얼굴을 보고 그릴 수밖에 없었기 때문이라는 것….

가장 놀라웠던 것은 세계적으로 유명한 고흐의 〈해바라기〉라는 작품(정식 작품명: 〈꽃병에 꽂힌 해바라기 열다섯 송이Vase with fifteen sunflowers〉) 속 눈부시게 노란 해바라기가 사실은 죽어가고 있었다는 사실이다. 그토록 싱그러운 빛깔의 그림 속 꽃이니 죽어가고 있으리란 생각은 전혀 하지 못했는데, 다시 보니 그림 속 꽃은 정말 비틀거리며 말라가는 듯했다. 그

토록 아름답던 빛깔이 소멸의 빛깔이었다니.

　정말 근사한 시간이었다. 우리는 전시관을 나와, 전시관 앞 마트에서 산 사과와 차가운 와플을 뜯어 먹으면서도 작품을 보고 들으며 느낀 감흥에 흠뻑 빠져 흥분을 감추지 못했다. 오디오 가이드를 대여한 일은 정말 최상의 선택이었다. 단순히 그림을 본 것이 아니라, 한 예술가의 치열한 인생을 보고 들은 것 같아 온몸과 마음이 저릿저릿했다.

　왜 그가 남긴 수많은 작품은 그의 삶 동안에는 예술이 되지 못하고, 후대에서만 이토록 아름다운 예술이 되었을까? 치열하게 그림을 그리는 삶이란 얼마나 아름답고도 슬픈 일일까? 우리는 예술의 아름다움과 삶의 아름다움 사이 간극에 대해 잠시 생각했다. 고흐의 그림 스타일과 다르지만 신랑도 그림 그리는 삶을 살다 보니 남다르게 느껴진 모양이었다. 그는 자주 묵연히 미술관 쪽을 바라보았고, 손에 든 차가운 와플을 조금씩 뜯어 먹었다. 어느덧 매표소 앞에 늘어선 줄은 우리가 입장할 때보다 훨씬 더 길어져 있었다.

 여행 경비 중 꽤 큰 지출이었는데도 오디오 가이드는 상당히 만족스러웠다. 워낙 한국인이 많이 오는 곳이다 보니 한국어로 된 오디오 가이드도 있었고, 아는 만큼 들은 만큼 보인다고 오디오 가이드가 관람하는 데 큰 도움을 주었다.

특히 고흐의 삶을 좀 더 깊이 이해할 수 있었는데, 생전에는 그의 업적에 걸맞은 대우를 받지 못하고 고독했다는 사실에 많이 슬펐다. 일상 드로잉 작가로 살아보기로 마음먹은 지 얼마 되지 않았지만, 멋진 작품을 남기는 것보다 당대에 즐거운 예술가로 사는 것이 나에게는 아주 중요하다. 고흐도 조금 더 사교적인 사람이었다면 어땠을지 싶었다. 그랬다면 멋진 작품이 후대에 기억되지 않더라도 당대에 스스로 행복하지 않았을까 하는 안타까움이 관람 후에도 긴 여운으로 남았다.

엘리베이터 없는 5층 숙소

독일에서는 두 도시에 머물기로 했다. 그 첫 번째 도시는 하노버Hanover. 마음 같아서는 함부르크까지 올라갔다가 내려오고 싶었지만, 하루에 두세 시간 이상 운전을 하지 않기로 했던 터라 우리는 하노버를 거쳐 베를린을 지나가는 여정을 택했다. 특별히 어떤 도시의 어떤 장소가 보고 싶다는 생각이 없었기에 함부르크여도 괜찮았고 하노버여도 상관없었다. 우리는 그저 독일을 보고 싶었고 독일 사람들을 만나고 싶었다.

　하지만 하노버에 도착해 난관에 부딪혔다. 숙소는 엘리베이터도 없는 5층. 거대한 캐리어를 두고 우리 두 사람은 고민에 빠졌다. 큰 캐리어는 집 앞에 세워둔 자동차에 두고 물건을 그때그때 가지러 나오자고 제안했지만, 신랑은 오르내리는 일이 더 신경 쓰인다며 자기가 가지고 올라가겠다고 했다. 결국 나는 작은 캐리어를 들고, 신랑은 28인치 이민용 캐리어를 들고서 건물 5층 계단을 오르기 시작했다. 유럽의 주택은 정말 영화 속 풍경 같았는데 무거운 가방 때문에 쳐다볼 여유조차 없었다. 땀을 뻘뻘 흘리며 있는 힘을 다해 우리는 짐을 5층으로 옮겼다. 유난히 숙박비가 저렴했는데 그 이유를 그제야 알 것 같았다. 입구도 허름하고 새 건물도 아니어서 '우리가 묵을 숙소마저 지저분하고 허름하

면 어쩌지' 하고 걱정되었다. 드디어 문을 열고 들어서니 석양빛이 눈부시게 쏟아졌다. 따스한 오렌지 빛으로 가득한 집 안이 우리 앞에 빛나고 있었다.

"우와!"

신랑도 나도 무거운 짐을 들고 올라오느라 느낀 힘겨움은 어느새 잊고서 환호성을 질렀다. 정말 아기자기하고 아름답게 꾸며진 집이었다. 처음 보는, 진짜 독일 사람의 집이었다.

아기자기하고 아름다웠던 하노버 숙소의 모습.

에기디엔 교회에 남은 전쟁의 흔적

오늘의 첫 번째 목적지는 하노버 신시
청사. 둥근 지붕을 한 하노버 신시청사
근처 주차장에서 나오니 시커멓게 그을
린 채 벽만 남은 건물 하나가 가장 먼저
눈에 띄었다. 그곳은 제2차 세계대전
때 연합군의 폭격으로 파괴된 에기디엔
교회Aegidienkirche라고 했다.

유럽에 와서 고풍스럽고 아름다운 성
당이나 교회를 보고 탄성을 지르기만
했는데, 처참하게 파괴된 교회를 만나
리라고는 생각조차 하지 못했다. 검게
그을린 벽, 무너져 내린 벽돌, 통째로 날
아가 뻥 뚫린 지붕 그리고 거대한 교회
의 잔해 끄트머리에 녹슨 십자가….

그제야 여기가 그 어떤 나라보다 혹
독한 전쟁의 흔적을 고스란히 간직한

곳이라는 생각이 들었다. 우리는 각자 가만히 십자가 앞에 앉아 지붕이 없는 교회를 물끄러미 올려다보았다. 공교롭게도 결혼식 예복을 입은 커플이, 담쟁이가 뒤덮은 벽의 한쪽에서 웨딩 사진을 찍고 있었다. 모든 것이 끝나버린 어떤 시간, 그럼에도 지워버리지 않고 남겨놓은 고통의 흔적들 그리고 다시 또 그곳에서 새로운 시작을 꿈꾸는 마음들.

　도로 건너편 하노버 신시청사에는 제2차 세계대전 이전의 하노버 시가지 모습과 세계대전 당시의 하노버 시가지 모습을 양쪽에 모형으로 전시해놓고 있었다. 그날의 폭격을, 완벽히 붕괴되어버린 도시 곳곳의 모습을, 시청사는 유리 안에 고스란히 담아놓고 그때의 전쟁이 얼마나 처참했는지를 보여주었다.

　지켜보라, 기억하라, 반성하라. 있는 그대로 그 시절 인류가 저지른 만행을 보여주며 그 어떤 선언이나 외침보다 더욱 선명한 가르침을 전시하고 있었다. 모든 것이 완전히 무너져 버렸다고, 무너진 것들을 우리는 기억하고 되새겨야 한다고, 그 모든 것을 지워야 하는 것이 아니라 더 선명이 기억해야 한다고.

 전쟁의 흔적이 온전히 남아 있는 도시, 하노버. 폭격으로 그을린 자국들이 그 당시의 참혹함을 그대로 보여주고 있어서 그곳을 천천히 둘러보았다. 이런 흔적이 도시 곳곳에 남아 있게 되면 후대도 전쟁을 끔찍한 것으로 기억

하고 학습하여 다시는 이런 일을 되풀이하지 않을 것 같았다.

하노버 신시청사 전망대에 올라가는 길도 특별했다. 많은 사람이 한 꺼번에 올라갈 수 없어, 관람객은 엘리베이터로 향하는 통로 앞에 옹기 종기 모여 기다려야 했다. 엘리베이터를 타러 올라가는 계단 앞에 줄을 서 있다가 사람들이 내려오면 그와 동일한 인원의 대기 인원이 올라갈 수 있었다.

엘리베이터는 사람 넷이 서로 마주 보고 서면 꽉 찰 만큼 좁고 긴 통 같았다. 기다란 그것이 꼭대기를 향해 오르는데, 똑바로 올라가는 것이 아니라 비스듬히 기울어져 올라갔다. 머리 위로 기울어진 레일이 보였고, 엘리베이터는 꾸역꾸역 그 위로 사람을 실어 나르고 있었다.

마침내 전망대 위에 올라왔지만 바람이 거세게 불어 똑바로 서는 것조 차 힘겨웠다. 아무것도 휘청거리지 않았지만 나만 그곳에서 휘청거리고 있었다. 눈앞엔 아름다운 도시 풍경이 펼쳐져 있는데, 나는 어떤 기억에 사로잡혀 그 풍경을 온전히 감상할 수 없었다. 다리가 후들거렸다. 단순 히 높은 곳에 대한 두려움은 아니었다. 어떤 기억 때문이었다. 나 혼자 지 우려고 애쓰던 기억 때문이었다.

유목하는 마음가짐

"그림이 안 그려져요."

부스스한 눈으로 방에서 나오니 신랑은 한숨을 토하듯 그렇게 말했다. 보름 남짓한 시간 동안 그는 정말 열심히도 그림을 그려댔다. 모든 불안을 그림으로 지우려는 듯 치열하게 그렸다. 그러던 그가 오늘 마침내 그 한마디를 내뱉고 말았다.

 15일 동안 쉬지도 않고 그림을 그렸더니 결국 지쳐버렸다. 평상시 인물을 중심으로 일상 장면을 그림으로 담곤 했는데, 유럽에 와서 만난 멋진 풍경들을 그림으로 담아내려니 한숨만 나왔다. 건물이나 풍경을 자주 그리는 편이 아니라 그런지 그리는 게 즐겁지 않고 부담만 되었다. 여행을 다녀와서 책 작업을 하겠다는 욕심 때문에 매일 그림을 겨우겨우 그려왔는데 결국엔 그 의지가 무너져 내리기 시작했다.

더욱이 유럽은 한국과 달리 저녁과 밤의 조명이 너무 어두웠다. 숙소든 카페든 조명 자체가 밝지 않아 밤에 그림을 그리다보면 상당히 피곤해졌다. 아마 사전 지식이 있었다면 휴대용 조명 같은 것을 챙겨 왔을 것이다.

한국에서는 기분 전환 삼아 집이 아닌 카페에서 그림 작업을 많이 하는데, 여행 중간중간 카페에서 그림 그리는 시간을 따로 할애했다면 그림으로 괴로워한 시간도 좀 줄어들지 않았을까 싶다.

하지만 당시엔 이런 생각이 들지 않았다. 여행의 주목적 중 하나인 그림이 잘 그려지지 않고 부담만 커지니 결국 여행 자체에도 흥미가 떨어지고 무기력하고 우울한 마음이 커지고 말았다.

바닥이 아닌 공기를 데우는 방식으로 난방해서인지 실내가 쉽게 더워지거나 쉽게 추워졌다. 우리가 자는 방은 너무 더웠고 거실은 너무 추웠다. 하지만 우리 두 사람을 위해 거실 전체를 데우는 일은 아무래도 낭비 같았다. 거실에는 진짜 벽난로가 설치되어 있었고 그 앞에는 땔감도 있었지만, 불을 피울 엄두가 쉽게 나지 않았다. 아무리 돈을 주고 빌렸다지만 온전히 '남의 집'이기에 우리 기준에 그것은 분명 민폐였다. 결국 우리는 불을 피우는 대신 옷을 더 꺼내 입었다.

잔뜩 옷을 껴입고서 차가운 거실 식탁에 앉으니 신랑은 어쩐지 겁에 질린 사람처럼 보였다. 그는 더 이상 그림을 못 그리겠다고 했다. 아무것도 그리고 싶지 않다고 했다. 신랑의 얼굴엔 어느새 익숙한 불안이 조금씩 번져가고 있었다.

오늘은 아무 데도 가지 말고, 집에서 머무는 여행을 하자고 제안했다. 신랑은 연재 중인 신문사에 보낼 원고를 마무리해서 보내기로 했고 나는 지금까지 찍은 영상과 기록을 정리하기로 했다. 신랑은 끙끙거리며 원고를 완성했지만 인터넷이 너무 느려 계속 오류가 났고, 나 역시 스마트폰과 노트북이 무선으로 연결되지 않아 애를 먹었다.

지나고 보니 그때 우리는 여행으로 조금씩 지쳐가고 있었던 것 같다. 서로를 보살피고 다독여야 하는데 그러기에는 신랑도 나도 그리 강한 사람이 아니었다. 여행 중이라면 더욱더 일상을 지키려는 의지가 필요했는데 우리는 여행이란 설렘에 눈이 멀어 무방비 상태였다. 이해할 수 없는 말들이 별 도움이 되지 않더라도, 그 어떤 말도 위로가 되지 않더라도, 주저앉거나 머뭇거리지 않고 다시 또 새로운 하루를 살아내는 다짐을 서로에게 건네야 했는데 우리는 그러지 못했다. 처음부터 여행이란 일상의 또 다른 이름일 뿐 어차피 그 둘은 닮아 있었는데 우리는 그때 미처 알지 못했다.

지친 마음을 들여다보아야 하는 것, 무기력해지는 스스로를 받아들여야 하는 것. 그때 처음 우리가 '여행'이 아니라 '유목'을 하고 있다는 생각이 들었다. 여기서 멈추고 싶은 마음을 다스리며 다시 또 새로운 하루의 일상을 꾸려나가는 것. 새로운 곳에서, 새로운 사람과, 알아들을 수 없는 낯선 언어에 둘러싸여 있더라도, 어차피 모두의 일상은 끼니를 채우고 스스로를 지키고 서로를 지키는 똑같은 하루였다.

신랑은 오후 늦게 비바람이 잔잔해지자 조금 뛰고 오겠다며 밖으로

나갔다. 그 역시 다가오는 불안과 싸우는 모양이었다. 안타깝게도 신랑은 바람이 너무 거세다며 다시 되돌아왔고, 우리는 한국에서 가지고 온 라면을 끓이며 거실의 차가운 공기를 데웠다. 불안하고 쓸쓸해지는 우리의 마음도 같이 데웠다.

 한국에 있었다면 아마 개인상담을 다시 받거나 기분을 전환할 만한 요소를 적극적으로 찾았을 텐데 유럽에선 그럴 수 없었다. 또 귀국 날짜가 정해져 있었기에 반도 지나지 않은 여행을 갑자기 중단할 수도 없는 노릇이었다. 남은 여행을 계속하기 위해서라도 나의 의지와 마음을 긍정으로 끌어내야 했다. 더욱이 나 혼자만의 여행이 아니라 함께하는 여행이었기에. 그래서 가져온 책을 읽거나, 밖에 나가 달리기를 하거나, 집 안에서 팔굽혀펴기와 맨손체조를 하거나, 낯선 외국의 거리를 무작정 걸어보기도 했다.

여행을 하다 보면 온통 다시 돌아갈 수 없는 시간뿐이란 걸 깨닫게 된다. 아무리 아름답고 아쉬워도 그 시간으로 돌아갈 수 있는 방법은 없다. 다만 기억하고 기록하며, 지나온 시간들을 딛고서 다시 앞으로 나아가는 우리를 위한 찬사를 준비해야 할 뿐.

여행하며 온전히 즐겁고 재미있었던 시간도 많았지만, 여행 초보자인 나에게 서툴고 불편하고 힘든 시간이 더 많았다. 그때 당시에는 참 힘들고 도망치고 싶었는데, 지금 되돌아보면 그때의 경험이 새로운 곳에서 나를 만나는 경험일 수도 있겠다는 생각이 든다. 짝지랑 내가 많은 것을 조율해가는 시간이기도 했다. 물론 이는 여행을 다녀온 지 꽤 시간이 흐르고 그사이 그 추억들을 되살리며 얻은 값진 교훈이다.

이 경험을 두 사람 간의 생활습관과 사고를 조율해나가는 귀중한 경험으로 인식한다면, 비록 여행이 실패하더라도 두 사람에겐 특별한 선물로 기억될 것 같다.

뜨거운 시간의 기록

하노버 다음으로 찾은 독일의 두 번째 여행지, 베를린Berlin. 이곳의 첫 번째 목적지인 유대인 학살 추모공원Memorial to the Murdered Jews of Europe 은 대단히 놀라운 예술품이었다. 단순히 추모를 위한 구조물이 아니라 묵직한 감정적 충격을 안겨주는 최고의 작품이었다. 2,711개의 관을 닮은 구조물은 시내 한복판에 선언처럼 놓여 있었다. 밖에서 보면 단순히 수천 개의 '관'이 나란히 놓여 죽음의 이미지를 재현해놓은 작품 같지만, 관을 닮은 구조물 사이로 천천히 걸어 들어가면 꽤나 강렬한 충격을 느끼게 된다.

비슷한 크기와 높이의 관이라고 생각했던 구조물들은 실제로는 평지가 아닌 움푹 팬 원형의 경사로에 세워져 있었다. 구조물의 상부를 서로 평평하게 맞추어 평지에 놓인 것처럼 보이도록 만든 것이었다. 그래서 밖에서 보면 단순히 여러 개의 관처럼 보이지만, 실상은 깊은 웅덩이에 무수히 쌓인 관들의 탑인 셈이었다. 또한 밖에서 구조물들 사이로 걸어 들어가면, 누구든 관을 닮은 구조물들 사이로 가려지고 만다. 바깥에서는 모든 사람이 죽음(관) 속으로 사라져버리는 광경을 목격하게 되며, 그 안으로 걸어 들어간 당사자들은 구조물들이 머리 위까지 쌓인 관들의 탑이라는 걸 깨닫고서 그 속으로 스스로 걸어 들어가는 참혹한 심정을 느끼게 된다. 무수한 사람이 희생되었으며 그 희생의 당사자는 누구라도 될 수 있다는 작품의 주제가, 그보다 더 선명하게 드러날 수 없을 듯했다. 그저 드러내는 것뿐만 아니라 '기억물' 사이로 들어서는 모든 사람의 머릿속에 그 시대의 비극을, 희생을 각인시키는 것만 같았다.

놀라운 예술 작품을 목격한 전율에 한동안 그 자리를 떠나지 못했다. 브란덴부르크 문Brandenburger Gate의 압도적인 아름다움 앞에서도 좀 전에 보았던 유대인 학살 추모비의 충격은 사라지지 않았다. 바로 옆에 위치한 독일 국회의사당에 가서도, 잔다르멘마르크트Gendarmenmarkt 광장에 있는 아름다운 교회로 유명한 프랑스돔과 독일돔을 보면서도 유대인 학살 추모비의 충격은 쉽사리 지워지지 않았다. 기억을 기록하는 방식이, 그것도 자신들의 가장 부끄럽고 아픈 기억을 기록하는 방식이 정말 너무도 놀라웠다. 그토록 뜨거운 기록은 난생처음이었다.

○

베를린 기념관 앞에서 철근으로 세워진 장벽의 흔적을 따라가다 보면 동독을 탈출해 서독으로 넘어가려는 주민들의 급박한 모습을 잘 보여주는 또 다른 작품들이 전시되어 있었다. 장벽의 자리 앞에 추모관이 있는 것은 물론이고 5층 건물의 외벽 전체를 캔버스 삼아 상징적인 그림들과 사진이 전시되어 있었다. 특히 잘리는 육고기의 시뻘건 살과 그걸

묵직한 충격을 안겨준 베를린 유대인 학살 추모공원.

유대인 학살
추모비. 껸

기억을 기록하는 방식이, 그것도 자신들의 가장 부끄럽고 아픈 기억을 기록하는
방식이 정말 너무도 놀라웠다. 그토록 뜨거운 기록은 난생처음이었다.

도려내고 있는 날카로운 칼 그림은, 장벽이라는 경계가 그들의 삶에 얼마나 잔인하고 위협이었는지를 선뜩하게 보여주는 것만 같았다.

다시 또 자동차를 몰아 우리는 이스트사이드 갤러리East Side Gallery로 향했다. 슈프레Spree강과 접해 있는 1.3킬로미터 길이의 베를린 장벽은 세계 각국의 예술가들을 위한 전시장이 되어 있었다. 한국 작가의 작품도 있었고, 이스트사이드 갤러리에서 가장 유명한 작품인 〈형제의 키스 Fraternal Kiss〉도 있었다. 소련과 동독의 서기장이었던 레오니트 브레즈네프Leonid Brezhnev(1906~1982)와 에리히 호네커Erich Honecker(1912 ~1994)가 입을 맞추는 그림인 그 작품 앞에는, 이미 많은 사람이 사진을 찍기 위해 줄지어 기다리고 있었다. 우리는 줄에 들어서지 않고 작품과 줄지어 선 사람들의 모습을 사진으로 찍었다. 작품이 되어버린 어떤 고통스러운 기억의 장벽을, 끝까지 천천히 걸었다.

노동이 너희를 자유롭게 하리라

오라니엔부르크Oranienburg는 베를린에서 차로 30여 분 가면 도착하는 시골 마을이다. 이렇게 고즈넉하고 아름다워도 되나 싶을 정도로 멋진 곳이었다. 그러나 작센 하우젠 수용소 Sachsenhausen concentration camp 쪽으로 들어서면 제일 먼저 중간중간 끊긴 벽이 사람들을 맞이한다. 입장권을 끊어야 할 것 같은 거대한 규모인데도 입장료는 무료였다.

입구를 통해 들어가면, 수용소의 실제 정문까지 기다란 담벼락이 세워져 있는데, 그 위에는 전쟁 당시 모습이 흑백 사진 속에 고스란히 담겨 있었다. 사진으로만 보아도 너무 끔찍하고 충격적이어서 입구에서부터 쉽사리 발길이 떨어지지 않았다.

우리는 마침내 수용소의 감시탑이자 정문인 건물 앞에 섰다. 우리를 가로막은 너무도 작은 철문. 그 위에는 억압과 자유가 한 문장에 뒤엉켜 있는 '노동이 너희를 자유롭게 하리라Arbeit macht frei'라는 역설적인 글귀가 선명하게 새겨져 있었다. 수용소의 유일한 입구였던 이곳을 관리자들은 '타워 A'

146

라고 불렀고, 수용소 내 화장장을 '스테이션 Z'라고 불렀다고 한다. 여기 이곳의 입구로 한번 들어가게 되면 출구는 오직 마지막 알파벳이 붙은 그곳뿐이었다고 하니, 이 입구에 서면 누구든 숙연해질 수밖에 없다.

비가 내리고 난 후라 유난히 하늘이 파랗고 맑았다. 그래서인지 괴리감이 더욱 컸다. 새파란 하늘 아래 지평선까지 닿을 듯한 드넓은 수용소 풍경, 직선으로 뻗은 길, 그 끝에 나무 두 그루. 머리 위에 새하얀 뭉게구름을 이고서 그 모든 풍경은 아름다운 풍경 뒤에 감춰진 과거의 잔혹했던 역사를 보여주려는 듯 섬뜩하게 다가왔다. 그토록 아름다운 모든 것이 서늘해 보였던 것은 비단 나만의 느낌은 아니었을 것이다. 수용소에 들어선 모든 이가 아름다운 풍경을 향해 카메라를 들었지만, 카메라 너머로 보이는 그들의 표정은 믿을 수 없을 만큼 굳어 있었다. 아름답다고 말하는 사람은 아무도 없었다. 그곳에서는 존재하지 않는 말인 것 같았다.

햇살 아래에서 끌려가는 수감자들처럼 우리는 사람들을 따라 한쪽 구석에 나란히 세워진 야트막한 건물 쪽으로 천천히 걸었다. 언뜻 보기에 시골 학교처럼 생긴 두 개의 기다란 건물은 너무도 작고 소박해 보였다. 창문이 큰 건물들은 수용소라기보다는 나란히 세워진 교실 같았다. 문을 열고 들어서니 지금은 전시실이 된 여러 개의 방이 나타났고,

그제야 우리가 들어선 그곳이 어디인지 알 수 있었다. 수용소와 생체 실험실이었다.

이곳에서 고개를 든 사람은 없었을까. 그들은 허리조차 펴지 못하고 지냈을까. 이 방들의 천장은 유독 낮았다. 미로처럼 얽히고설킨 복도를 따라가다가 지하로 내려가니 땅 밑 특유의 묵직하고 퀴퀴한 공기가 온몸에 엉겨왔다. 관람객을 위한 환기 장치가 잘 마련되어 있었고 조명도 제법 환했는데도 그랬다. 특히 여기저기 벽에 들러붙은 색 바랜 누런 타일들이 기묘한 분위기를 더했다.

뜯겨진 벽, 무너진 벽, 무엇의 흔적인지 알 수 없는 시간의 때가 모두 그대로 보존되어 있었다. 심지어 관람객이 걷도록 만들어진 유리 보도 아래쪽도 헤치거나 파내지 않고 그때의 흔적을 그대로 남겨놓고 있었다. 그 참혹한 시간의 현장을 하나도 놓치지 않겠다는 듯 전시관은 무섭도록 치밀하게 설계되어 있었다.

건물을 나와 맞은편 건물로 들어서니, 흰색 타일로 뒤덮인 방들이 나타났다. 역시나 흰 타일로 뒤덮인 사람 크기만 한 테이블 두 개가 있는 방에 들어섰을 때 우리를 뒤덮은 공기가 비단 눅눅한 날씨 때문만이 아니란 것을 알게 되었다. 그곳이 바로 생체 실험실이었다.

수감자들을 대상으로 각종 의료 실험을 했다는 그 공간은 그리 크지 않았고 천장 역시 매우 낮았다. 부끄러울 일도 감추어야 할 일도 아니라는 듯이 밖으로 난 창은 매우 컸고, 어쩌면 그곳에 누웠던 누군가는 그 창으로 하늘을 볼 수도 있었겠구나 싶었다. 어쩌면 그날도 이토록 새파랗고 맑은 하늘이었는지도 모른다.

"뭘 이런 것까지 기록해놓지?"

"정말 또 다른 의미로 무서운 사람들이네요."

수용소는 비극의 모든 것을 낱낱이 전시해놓고 있었다. 수감자들을 고문했던 도구는 물론이고 수감자들이 사용했던 물건들과 머물렀던 공간들, 수감자를 고문했던 독일 군인들의 전신사진과 그들이 했던 고문 방식까지 개인별로 모든 사항이 빠짐없이 기록으로 남겨져 있었다. 심지어 각자가 정치인이나 성소수자 등 어떤 사람을 어떤 방식으로 고문하고 얼마나 자주 고문했는지까지 기록되어 있었다. 카메라를 향해 웃고 있는 군복을 입은 자들의 얼굴은 수용소가 있는 그곳의 국민에게 는 결코 낯설지 않은 얼굴일 것이다. 어찌 보면 너무도 천진난만하고 반듯한 표정들이라서 더 끔찍하고 더 무섭게 느껴질 그 모습을 그들은 감추지 않고 더 크게, 더 세밀하게, 온전히 드러내놓고 있었다.

유럽의 여느 아름다운 성당들에서 느꼈던 압도되는 감정과는 전혀 차원이 다른, 엄청난 무게의 감정이 밀려왔다. 한 번도 느껴본 적 없는 감각으로 내 온몸을 지그시 짓누르고 있었다.

스스로의 과오를 하나하나 기억하고자 노력하는 독일의 모습은 상당히 인상적이었다. 똑같은 과오를 반복하지 않겠다는 강한 의지가 엿보였다. 일본 또한 그들이 범한 과오를 순순히 인정하고 반성하면 세계 각국의 비난을 면할 수 있을 텐데, 두 전범 국가의 상반된 태도는 많은 것을 생각하게 했다.

비단 일본만의 문제일까. 한국 또한 감추고 싶은 역사가 분명이 존재할 텐데 이번 수용소 방문은 과거를 어떤 식으로 기억해야 하는지를 알려주는 귀감이 되었다.

나에게 전쟁은 곧 '아버지의 몸'이었다. 잘린 손, 움푹 팬 눈, 대검에 찔린 흉터, 총알이 박힌 이마. 아버지는 어린 내 손을 붙들고서 몸에 새겨진 그 모든 전쟁의 흔적을 만져보라고 했었다. 무서워 벌벌 떨다 간신히 댄 어린 내 손가락 끝에 만져지던 이마 속 뾰족한 물체.

아버지가 엄마에게 폭력을 휘두를 때마다, 뇌전증 발작으로 온 집 안을 엉망으로 만들어놓을 때마다, 내 손끝에 닿던 아버지의 몸속 그 모든 흔적은 너무도 쉽게 잊혔지만 그렇다고 아버지에 대한 기억이 모두 사라진 것은 아니었다. 한 인간의 삶을 유린했던 전쟁이라는 시간이 결코 사라진 것은 아니었다. 환호는 승리가 아님을, 훈장이 찬사가 아님을 나는 아버지의 곁에서 똑똑히 목격했다. 전쟁은 끝났지만 아버지의 전쟁

은 끝난 적이 없었다. 화장한 아버지의 유해 속에서 총알과 파편이 쏟아
져 내리는 소리를 들었을 때, 나는 아버지보다 더 오래 살아남은 전쟁의
소리를 들었다. 오직 파멸뿐이었던 전쟁이라는 시간의 조롱을 들었고,
똑똑히 보았다. 아버지에게 삶이란 어떤 여행이었을까?

06.   체코

코루나 환전 사태

체코에서의 첫 번째 난관은 '환전'이었다. 체코는 우리가 여행한 유럽 국가 중 유일하게 유로를 사용하지 않는 국가였다. 은행과 사설 환전소가 뒤섞여 있었고, 어느 환전소의 수수료가 제일 싼지에 관한 정보 역시 뒤죽박죽이었다. 혼란스럽고 어려울수록 정도正道를 가는 것이 가장 현명한 법. 아침 일찍 우리는 숙소에서 제일 가까운 은행을 찾아 나섰지만 그곳은 은행이 아니라 투자회사였다. 당연히 환전은 불가능했다.

그래도 걱정하지 않았다. 시내로 들어가면 좀 더 쉽게 은행을 찾을 수 있을 테고 어렵지 않게 환전을 할 수 있으리라 믿었다. 자동차를 몰고 프라하Prague 시내로 들어가면서 우리는 프라하 특유의 고풍스러운 건물과 적색 전차가 만든 이국적 풍경에 빠져 있었다. 속도를 줄이고 도로를 따라 천천히 움직이는데 총을 맨 군인이 다가와 우리 차를 세웠다. 자동차가 들어올 수 없는 도로라고 했다. "네? 그러면 우리 앞에 가던 차는요?"라고 물었지만 군인은 자동차가 들어올 수 없는 도로로 들어왔으니 벌금을 내라는 말만 반복했다. 표지판도 없었고 처음이라 잘 몰랐다고 했지만 통하지 않았다. 환전조차 하지 못했다고 했더니 손가락으로 현금지급기를 가리키며 바꿔 오라고 했다.

황급히 군인이 가리킨 현금지급기 앞으로 간 신랑은 당황하는 바람에 무려 2,000유로에 해당하는 체코 돈을 인출하고 말았다. 엄청난 양의 돈뭉치를 들고 돌아온 신랑은 얼이 빠진 채로 내게 돈을 건넸다. 벌금은 200코루나. 꽤 큰돈인 줄 알았는데, 알고 보니 10유로도 되지 않는 금액이었다. 벌금을 냈는데도 코루나 돈뭉치가 상당했다.

정신을 똑바로 차려야 했다. 이런 상황에서 '네 탓 내 탓'은 소용없는 일이었다. 나는 최대한 목소리를 낮춰 일단 주차하자고 했다. 주차한 다음 가까운 샌드위치 가게에라도 들어가서 마음을 좀 진정시키자고 했다.

그러나 프라하 도심지에서는 주차 구역을 찾는 일조차 거의 불가능에 가까웠다. 현지인이 아니라면 처음부터 외지인의 차는 받지 않겠다는 정책처럼 느껴졌다. 주차 구역도 파란 줄이 그어진 곳엔 현지인만 주차가 가능했고, 잘 모르고 주차했다가는 즉시 견인 조치를 하고 벌금을 매기는 모양이었다. 유럽 곳곳에 그렇게 많았던 표지판이 왜 프라하에서는 보이지 않았을까? 수많은 관광객이 모여드는 도시라는데, 도대체 관광객을 위한 것은 어디에 있던 걸까?

좁은 샌드위치 가게 구석에 앉아 커피 한 잔을 앞에 놓고서 우리는 서로의 어깨를 한참이나 쓰다듬었다. 일단 신랑이 품속에 안고 있는 코루나 돈뭉치부터 해결해야 했다. 그 많은 현금을 온종일 들고 다닐 수는

없었다. 가뜩이나 소매치기가 많다는 프라하 한복판에서 말이다.

일단 다시 유로로 환전하자고 했다. 유로로 환전하면 일단 돈의 부피가 줄어드니, 그렇게 해서 가지고 있는 편이 나을 듯했다. 현금지급기를 이용해 다시 계좌에 넣을까도 생각했지만, 그사이에 우리가 알지 못하는 또 다른 문제가 생길지 모를 일이었다. 실제로 신랑이 돈을 뽑을 때, 수상한 사람이 접근해 똑같은 돈을 보여주며 자신의 돈과 바꿔달라고 요청한 일이 있다고 했다. 다행히 신랑은 미심쩍은 생각에 뿌리치고 돌아왔다고 하는데 아마도 그것은 위폐였을 듯했다.

근처 환전소로 갔더니, 줄이 상당히 길었다. 차례를 기다려 다시 유로로 환전을 하는 데 오전 시간을 모두 보냈다. 점심은 먹는 둥 마는 둥 대충 샌드위치로 때우고서 지인이 추천했던 알폰스 무하 박물관으로 향했다. 평소 알폰스 무하Alphonse Maria

159

Mucha(1860~1939)의 몽롱하면서도 아름다운 그림들을 좋아했기에 전시실에서는 꼬여버린 마음의 평온을 되찾을 수 있으리라 기대하며 우리의 기분이 조금은 나아질 거라 믿었다.

42일 유럽 여행의 맨 밑바닥

이번에도 우리의 예상은 여지없이 빗나갔다. 알폰스 무하 박물관은 전시실이라기 보단 작은 기념품 가게처럼 생긴 곳이었고, 그곳에 걸린 무하의 그림 몇 점은 너무도 실망스러운 수준이었다. 이게 정말 원본 그림인지 믿을 수가 없었다. 아무리 보아도 프린트한 복제품을 원본과 똑같은 크기로 걸어놓고서 한국 돈 1만 5,000원 정도의 입장료를 받는 듯했다. 게다가 조용히 감상할 수 있는 분위기도 아니었으며, 벽에 걸린 그림들은 갖가지 굿즈에 새겨진 것만큼 매력적이지도 않았다. 벨기에나 네덜란드에서 느꼈던 원화가 주는 감동은 어디에서도 찾아볼 수 없었다. 무엇보다 체코의 대표 화가라는 그와 그의 작품에 대한 경외심이 그 박물관에서는 조금도 보이지 않았다. 27인치 브라운관 TV에서 재생 중인 체코 대표 화가의 일생 영상이라니, 정말 믿고 싶지 않았다.

알폰스 무하의 그림은 그 당시의 그림치고 상당히 세련된 느낌의 그림이었다. 현대의 작가가 그렸다고 해도 믿어질 정도였다. 하지만 내가 그림에 열등감이 많은 사람이라서 그런지 몰라도 무하의 그림들은 나에게 큰 영감을 주거나 울림을 주진 못했다. 기념품 가게 같은 작은 규모의 큐레이션 때문에도 돈이 아깝다는 생각이 들었다.

묘사력이 뛰어나거나 세련된 그림보다는 내가 따라할 수 있거나 투박한 그림들이 내게 좋은 자극과 영감을 준다. 나는 나와 비슷한 배경을 가진 작가 혹은 비슷한 실력의 작가에게 끌리는 편이다.

프라하 구시가지에 둘러보아야 할 관광지는 너무도 많았지만 평일이 었음에도 물밀듯 쏟아지는 인파에 우리의 피로는 극에 달했다. 소란스 러운 관광객과 호객하기 위해 땀범벅이 된 피에로들, 그 옆에서 돌바닥 에 엎드려 구걸하는 사람들, 짜증 섞인 표정의 상인들…. 이 모든 것이 우리를 지치게 했다.

결국 오후 3시도 되지 않아 다시 숙소로 돌아가기로 결정했다. 그날 의 여행은 이쯤에서 끝내야 한다는 것을 신랑도 나도 받아들였다. 주차 장에서 자동차를 빼내 조심조심 차를 몰아가는 와중에도 총을 멘 군인 들은 곳곳에서 눈을 치켜뜨고 있었다.

찾아보니 프라하의 교통 벌금에 대한 후일담은 수없이 많았다. 지하 철이나 전차의 티켓과 관련해 벌금을 물었다는 이야기가 대부분이었는 데 황당하고 억울하다는 사연이 한둘이 아니었다. 심지어 표를 구입해 놓고도 전차 안에서 펀칭을 하지 않으면 고스란히 벌금을 물어야 하는 모양이었다. 이런 방식은 오스트리아에서도 마찬가지였는데, 이상하게도 프라하에서는 감시하는 눈들이 가는 곳곳에서 느껴지는 것만 같았다. 이쯤 되니 정말 고까운 마음이 스멀스멀 피어오르는 걸 막을 수 없었다. 프라하는 정말 관광객을 위한 도시일까, 관광객의 돈을 위한 도시일까?

마침내 숙소로 돌아온 우리는 그대로 침대에 쓰러졌다. 그날 하루의 피로가 20여 일 동안 쌓인 피로보다 훨씬 더 지독했다. 서로를 쓰다듬고, 괜찮다고 말해주고, 어서 빨리 잊자고 위로하고, 과장된 몸짓으로 우스꽝스러운 행동을 하며 우리는 그 하루를 견뎠다.

42일간의 유럽 여행에서 맨 밑바닥으로 떨어진 날이었다.

"도브리 덴!" 하고 인사를 건네며

오늘은 자동차를 아예 숙소에 세워두고 대중교통을 이용해 돌아보기로 했다. 골목에 떨어진 열매, 버려진 옷가지, 200여 개의 계단⋯. 전차를 타기 위해 숙소 뒤편의 주택가를 올라가면서 신랑도 나도 마음이 한결 가벼워졌다. 그러면서도 너무 많은 기대는 하지 말자고 서로를 토닥였다.

계단 옆에 적힌 주소, 1363 liben Praha B. 이곳은 누구의 집일까? 어떤 사람이 살고 있을까? 신랑과 손을 잡고 계단을 오르며, 붉게 물들기 시작한 담쟁이로 둘러싸인 집 앞에 잠시 서 있었다. 관광지가 아닌 주택가 한복판에 서니 비로소 어제는 상상도 할 수 없었던 평화가 조금씩 스며들었다.

끊임없이 울려대는 사이렌 소리, 새로운 건물을 짓고 있는 젊은 청년의 고갯짓⋯. 이런저런 일상의 풍경을 바라보며 걷는데 우리 쪽으로 다가오던 빨간 가방을 든 할머니가 우리를 향해 "도브리 덴Dobrý den!" 하고 인사했다. 그래, 여기에도 사람이 살고 있지. 그들의 세상이 불편하고 힘겨워도 우리는 이렇게 마주하며 삶을 이어가곤 한다. 신랑도 나도 그녀를 향해 "도브리 덴!"하며 인사했고 계단을 모두 올랐을 즈음 우리의 마음은 훨씬 더 평온해졌다.

쌀쌀해진 날씨에 아이의 옷깃을 추스르는 엄마, 몸을 돌려 뒷자리에 있는 친구와 수다를 떠는 여성, 가방을 멘 친구에게 이야기하는 학생…. 도로 한복판 정류장으로 '3'이라는 숫자의 노란색 불빛을 반짝이는 전차가 다가왔다. 우리는 전차 앞 상점에서 티켓을 구입했다. 종일권을 사고 싶었지만, 90분짜리 티켓밖에 살 수 없었다.

노란색 기둥, 빨간색과 노란색 무늬가 물결치듯 흐르는 보랏빛 의자, 우리는 알아들을 수 없는 음성 안내, 내릴 때 눌러야 하는 초록색 버튼…. 갑자기 전차가 멈춰 섰다. 사람들이 유리창 밖으로 고개를 내밀었다. 요란한 사이렌 소리를 내며 구급차가 도로를 질주하고 있었다. 사이렌 소리가 사라지고 나자, 일상의 평온을 되찾는 전차 안의 풍경.

이 전차는 얼마나 오랫동안 이 길을 달렸을까? 돌 위에 박힌 레일을 따라 몇 번이나 이 길을 오갔을까? 이 전차를 타고 같은 길 위에서 서로 다른 모습의 삶을 일구는 사람들이 수없이 오갔을 것이다.

정류장에 도착하자 문이 열렸다. 문밖에서 한 여성이 안에 대고 무어라고 다급하게 말하고 있었다. 그녀의 말을 알아듣진 못했지만, 신랑은 황급히 일어나 내려가서는 그녀의 앞에 있던 유모차를 들어 올려 조심스럽게 맨 뒷자리 공간에 내려놓았다. 그녀는 환하게 웃으며 신랑에게 인사했고 신랑도 웃으며 고개를 숙였다. 여전히 그녀의 말은 알아들을 수 없었지만 그것이 어떤 말인지 알 것 같았다. 어떤 마음인지 우리는 잘 알고 있었다.

프라하성Prague Castle으로 가기 위해 우리는 말로스트란스카Malostranská 역에 가야 했다. 지하철역에서 종일권 티켓을 다시 구입했고 무사히 펀칭까지 마쳤다. 지하철 풍경은 한국과 크게 다르지 않았다. 티켓 때문에 군인들과 실랑이를 하는 관광객을 빼고는 모든 것이 비슷했다. 말로스트란스카역에 내려 프라하성으로 올라가는 길은 아름다운 돌길이 었고, 근사하게 휘어진 등이 흰 벽 위에 점점이 달려 있었다. 그 아래에서는 다양한 예술가들이 저마다의 작은 공연을 하고 있었다.

워낙 유명한 관광지라 사람들이 끊임없이 오르내렸고 다시 또 어제의 불안이 슬그머니 고개를 들었다. 마침내 프라하성 입구에 도착했고 거기서 검문하는 군인들을 만났다. 잘못한 일이 없으니 두려워할 일도 없었지만 역시나 오금이 저려왔다. 애써 당당한 몸짓으로 우리는 군인들 앞에 섰고 앞에 있는 군인의 지시에 따라 가방을 내려놓았다. 가방을 들여다보는 둥 마는 둥 뒤적거리더니 그는 우리에게 어디에서 왔느냐고 물었다. 한국에서 왔다고 하니 갑자기 그가 한국말로 "안녕하세요!" 라고 인사해 순간 당황하고 말았다. 그의 친절함이 오히려 낯설게 느껴졌다. 그를 보며 나도 한국말로 마주 인사했지만 어서 빨리 그 자리를 벗어나고 싶었다. 정말 그랬다.

카를교 위에는 온통 사랑

프라하성에서 내려다본 시가지 풍경은 정말 아름다웠다. 이 아름다움 때문에 사람들이 프라하에 오는구나, 싶었다. 정원 쪽에서 성당 쪽으로 계단을 따라 오르니, 마침내 모습을 드러낸 성 비투스 대성당St. Vitus' Cathedral.

프라하성에서 내려다본 풍경.

프라하성에서 내려다본 시가지 풍경은 정말 아름다웠다.
이 아름다움 때문에 사람들이 프라하에 오는구나, 싶었다.

　정말 엄청났다. 검은 그을음과 금빛 장식이 어우러져 있는 대성당의
모습은 놀라움 그 자체였다. 금빛만이라면 이렇게 아름다웠을까, 그을
음만이라면 이토록 반짝였을까? 성당 앞 광장이 크지 않다 보니 사람들
은 더 높이 올려다봐야 했고 더 멀리 봐야 했다. 노을이 질 때 햇살에 닿
는 부분이 금빛으로 반짝인다니, 생각만 해도 황홀했다.

나는 성당 앞에 한참을 앉아 있었다. 지금까지 보았던 그 모든 성당을 가만히 떠올려보았다. 왜 이토록 거대한 성당을 몇 백 년에 걸쳐 지었던 걸까? 어떤 간절함을 이루려고 그 많은 사람이 그토록 오랫동안 여기에 매달렸을까? 하늘을 찌를 듯 솟아 있는 위엄이 이토록 놀라울 수 있을까?

화장실에 간다고 자리를 비웠던 신랑이 멀리서부터 성당의 꼭대기를 올려다보며 내 쪽으로 걸어왔다. 그를 향해 나는 손을 높이 들었다. 그도 두 팔을 들어 올려 내 쪽을 향해 흔들었다.

성 비투스 성당에 올라갈 수 있다는 것을 알았지만, 우리는 올라가지 않았다. 신랑도 나도 많이 지쳐 있었고 오전에 본 프라하의 풍경만으로 충분했다. 천천히 성당을 돌아 나오며, 신랑은 특히 기다랗게 밖으로 몸을 뺀 형상의 배수구가 신기하다고 했다. 벌린 입을 통해 빗물이 쏟아져 나올 텐데, 동물인지 악마인지 입을 벌린 그것을

두고 매력적이라고 했다.

카를교Karlův Most에 가고 싶지 않았지만, 우리는 어느덧 그쪽을 향해 걷고 있었다. 카를교에 오르지 않고 카를교가 보이는 강가로 가니 오리 떼가 무더기로 강가에 나와 관광객의 관심을 끌고 있었다. 먹이를 받아먹기도 하고 사람의 발을 쪼기도 하면서 오리들은 뒤뚱거리며 걸었다.

멀리 보이는 카를교는 이미 수많은 사람으로 그득했다. 신랑도 나도 그 속으로 들어가고 싶지 않았지만 인파에 밀려 우리는 이미 카를교에 오르고 있었다. 화약탑 반대편 쪽 입구에 올라서니 한 무리의 사람들이 소매치기를 당했는지 가방을 붙든 채 싸우고 있었고, 그 너머로 사진을 찍는 사람들과 그림을 그리는 예술가들과 물건을 파는 상인들이 눈에 들어왔다. 아, 다시 또….

줄지어 늘어선 포토 존을 황급히 지나쳤고, 어서 빨리 이 다리를 건너버리고 싶은 마음에 발길이 빨라졌다. 화약탑 근처까지 갔을 때쯤 갑자기 사람들이 웅성거리기 시작했다. 돌아보니 조금 전까지 파랗던 하늘이 흐릿하게 물들고 있었다. '저게 그 유명한 카를교의 야경인가' 싶어 다리 끝으로 물러나 잠시 하늘을 보는데, 하늘에 물들던 붉은빛이 점차 짙어지고 있었다. 카를교 위 고개 숙인 동상의 머리 위에서 하늘은 점점 더 붉게 타오르고 있었다. 어디에서 날아왔는지 새들도 이리저리 노을 속을 날았다. 더 붉어지는 것이 가능할까 싶었는데 눈앞에서 하늘은 계

카를교 위에서 붉게 타오르던 노을 풍경.

속해서 빨개지고 있었다. 더 붉어졌고, 더 빨개졌고, 더 활활 타올랐다. 우리 눈앞의 하늘은 순식간에 붉은빛으로 일렁이며 불타오르는 바다가 되었다.

긴장했던 마음속이 방망이질했다. 노을로 뒤덮이는 하늘을 보고는 신랑의 손을 잡았다. 그의 손이 뜨거웠다. 카를교 위를 걷던 모든 사람이 하늘을 보며 탄성을 질렀다. 그렇게 빨간 하늘도 난생처음이었다. 여기저기서 환호성이 터졌고, 사람들의 탄성을 듣고 있기라도 한듯 하늘은 더욱 빨개졌다. 기다렸다는 듯 프라하성 쪽에서부터 하나둘씩 오렌지 빛 불이 켜지기 시작했고, 그 위로 온 하늘이 빨갛게 일렁이고 있었다.

우리 앞에 섰던 커플이 뒤를 돌아 사진을 찍어달라고 부탁했고 우리는 불타는 노을을 배경으로 환하게 웃으며 키스하는 그들의 사진을 찍어주었다. 그리고 돌아선 그들 뒤에서 우리도 서로를 품에 안고 입을 맞췄다. 카를교의 노을빛, 입 맞추는 사람들, 같은 곳에 닿는 기도들.

정말 있구나. 믿지 않게 되어버렸다고 생각했는데, 자신의 존재를 증명하듯 프라하의 판타지는 가장 선명한 빛깔로 자신의 아름다움을 우리 앞에 쏟아내고 있었다. 그 순간 카를교 위에는 온통 '사랑' 뿐이었다.

프라하에서 첫째 날 겪은 안 좋은 기억 때문에 둘째 날도 별로 기대하지 않았다. 하지만 사람들에게 밀려 올라간 카를교에서 넋을 놓고 노을을 바라봤다. 한 시간 동안 난간에 기대어 서서 노을을 바라보았는데, 그 덕분에 어제까지만 해도 짜증스럽게 느껴지던 단체 관광객들과 신혼부부들마저 모두 사랑스럽고 이쁘게 느껴졌다. 나는 자연에 대해서 참으로 심드렁하고 감흥이 없는 사람인데, 프라하의 노을은 그런 나에게도 큰 감동을 주었다.

'행복합니까?' '행복합니다.'
'아름답습니까?' '아름답습니다.'
그날 우리가 어떤 대화를 나누었는지 정확히 기억나지는 않지만, 그 모든 말은 결국 이 네 마디 말의 다른 표현이었을 것이다.
어떻게 노을이 저렇게 아름다울 수 있을까? 믿을 수 없는 그날 밤의 풍경을 뒤로하고 우리는 처음으로 카를교 근처 레스토랑에서 근사한 외식을 즐겼다. 와인 잔도 부딪쳤다. 넉넉한 유럽 여행자들처럼 밤을 멋지게 보냈다.

이런 경험을 좀 더 했어야 했는데…. 돈을 얼마나 아낄려고 그렇게 아끼고 아꼈나 싶다. 특별한 음식은 아니었지만 그동안 고생했던 우리를 위한 충분히 근사한 식사였고 분위기도 매우 만족스러웠다.

오스트리아라는 세계를 달리다

국경 없는 국경을 지나 오스트리아에 들어서자 풍경은 다시금 바뀌었다. 체코 국경 근처에 우후죽순으로 서 있던 간판들도 모두 사라졌고 체코의 국기 간판도 없어졌다. 그 모든 것은 이리도 쉽게 달라지는구나 싶었다. 우리는 이제 '오스트리아'라는 세계를 달리고 있었다.

자동차를 가지고 다니면 항상 주차가 문제였는데, 오스트리아 숙소의 집주인인 니키는 도로까지 나와 우리가 주차할 곳을 알려주었다. 숙소는 마트 바로 뒤에 있는 아파트였다.

친구 집에 놀러온 느낌이었다. 창밖으로는 오스트리아 빈Wien의 야경이 보였고 침대 머리맡에는 꽤 커다란 나무가 화분 속에서 자라고 있었다. 고양이 루비와 미미가 우리를 반기는 듯 짐을 푸는 우리 방을 계속 들락거렸다. 주인인 니키는 테이블 위에 안내문들을 세심하게 모아놓은 것은 물론이고 '웰컴 스낵'까지 마련해 우리를 맞았다.

특히 침대 머리맡에 있던 큰 나무가 인상적이었다. 그러나 나무를 감상할 새도 없이 나는 곧바로 곯아떨어지고 말았다. 언제

꾸벅꾸벅

아이패드로 TV보다가 주목시는 강비

← 온트리올 에어비앤비 숙소 방에는 방안에 큰 화분들이 많았다.

How To OPEN

꼬물딱 꼬물딱

찍었는지 신랑은 벽에 기대어 꾸벅꾸벅 조는 내 모습을 카메라에 담아
놓고 킬킬거리고 있었다. 오스트리아에서의 첫날 밤이었다.

좋은 날들을 즐기시오

빈 중심지인 헤렌가세Herrengasse역에서 내려 밖으로 나오니 바로 눈앞에 웅장한 모습의 성 미하엘 교회St. Michael's Church가 나타났다. 교회는 새파란 하늘과 아침의 햇살을 받고 있었는데, 지하철역과 붙어 있는 출구 앞인데도 너무도 평화로웠다. 우리는 그 평온함이 참 좋아서 교회 근처 벤치에 앉아 한동안 아침 햇살을 흠뻑 맞았다. 프라하에서 유독 긴장하고 시달린 탓이었는지 그 아침의 평온함이 너무도 달콤했다.

잠시 앉아 있으니 자전거를 타고 빨간 점퍼를 입은 할아버지 한 분이 우리 쪽으로 다가왔다. 그의 곁엔 입마개를 한 강아지 두 마리도 있었다. 어디에서 왔느냐고 묻기에 한국에서 왔다고 하니, 그는 환하게 웃으며 환영한다고 말해주었다. 또 다른 방식의 구걸인가 싶어 잔뜩 긴장하고 있었는데, 그는 매일 20킬로미터를 걷거나 자전거를 탄다며 친근하게 말을 붙여왔다. 이름은 '피터'라고 자신을 소개하며 지금은 연금 생활자로 살고 있지만 젊었을 때에는 연금 사무소에서 일했다며, 이 얼마나 오묘한 일이냐고 말하면서 껄껄 웃었다. 자전거 주위를 맴돌던 강아지 두 마리를 가리키며 한 마리는 겐조, 또 다른 한 마리는 에나벨이라 부른다고 했다. 신랑도 어느새 돌바닥에 주저앉아 강아지의 등을 어

185

루만져 주었고, 입마개를 하고 있는데도 두 마리의 강아지는 낯선 이방인인 우리를 향해 힘껏 꼬리를 흔들어주었다. 어설픈 영어로 신랑은 그와 한참 동안 이야기를 나누었다. 신랑이 사진을 찍어달라고 해서 그와 겐조, 에나벨의 사진도 찍었다.

"잇츠 륄리 뷰티풀 데이!" 그는 정말 아름다운 하루라며, 좋은 날들을 즐기라는 말과 함께 우리에게 손을 들어 인사하고는 천천히 사라졌다. 작은 강아지 두 마리도 총총거리며 그를 따라갔다. 햇살 가득한 그 아침

의 골목이 그 순간 정말 눈부시게 반짝였다. 우리의 시간과 그의 시간이 멀어지는데도 도시의 풍경은 자꾸 가까워졌다.

그런 친철한 분의 다정한 말 한마디를 구걸이라고 의심했다니, 얼굴이 화끈거려 견딜 수가 없었다. 신랑은 '걱정 할머니'라고 나를 놀리기 시작했고 나는 부끄러워 입술만 삐죽였다. 정말 그 아침의 완벽한 평온을, 그가 우리에게 온전히 선물해준 셈이었다.

슈테판 성당을 지나 황궁 정원에 누워

슈테판 대성당Stephansdom은 정말 놀라웠다. 높이가 137미터라니, 올려다보는 것만으로도 목덜미가 아파왔다. 지붕의 문양이 참 아름다웠는데 유럽에 와서 아름다운 성당을 여러 번 마주해서일까. 성당을 올려다볼 때마다 이젠 경외심마저 평범한 것이 되어버렸다.

슈퍼마켓에서 샌드위치를 사서 근처 벤치에 앉아 점심 식사로 먹었다. 햇살이 너무 뜨거워 신랑은 그늘에 앉았고, 나는 그래도 햇살이 좋아 해가 비치는 쪽에 자리를 잡았다.

빈 왕궁정원Burggarten은 오래도록 직접 보고 싶던 장소였다. 드넓은 초록 들판에서 더할 나위 없이 자유로워 보이는 사람들. 그들은 책을 읽거나, 장난을 치거나 아니면 서로의 몸을 이리저리 감고서 온기를 나누고 있었다. 뉘엿뉘엿 저물어가는 오후의 햇살을 받는 그 모든 것이 눈부시게 빛나고 있었다.

"내가 저기 가서 누우면 노숙자 같겠죠?"

신랑은 낡은 후드티를 눌러 쓴 채 그렇게 말했다. 입던 바지가 틀어져 새로 사야 했지만 결국 적당한 것을 찾지 못해, 그는 여전히 트레이닝복 차림이었다.

189

"그래도 누워봅시다, 노숙자 같아 보여도 뭐 어때요?"

쭈뼛거리며 신랑은 초록 들판 위에 누웠고 나도 그의 곁에 잠시 앉았다. 햇살은 여전히 따스했다. 두런거리는 사람들의 음성은 기분 좋게 흩어졌다. 이제 그만 일어나자고 신랑에게 손을 내밀었는데, 신랑은 내 손을 잡고 일어나다가 갑자기 내 앞에 무릎을 꿇었다. 마치 프러포즈를 하는 듯한 모양의 그림자가 우리의 발밑으로 길게 늘어졌다. 잠깐 코끝이 시큰했다. 참으로 작고 사소하지만 뭉클해지는 순간들, 여행 속에도 있었다.

에곤 실레의 그림과 우리의 전율

레오폴드 박물관Leopold Museum에서는 일 년 내내 구스타프 클림트Gustav Klimt(1862~1918)와 에곤 실레Egon Schiele(1890~1918)의 작품을 전시를 하는 모양이었다. 실레의 그림 앞에서 나는 전율을 느꼈고, 신랑은 실레에게 영향을 준 페르디난도 호들러Ferdinand Hodler(1853~1918)의 작품이 좋았

193

다고 했다. 20대의 젊은 나이에 실레는 왜 그토록 죽음과 성性에 천착했을까? 불안과 의심과 죽음으로 꽁꽁 둘러싸인 그의 그림은 그래서 어두운 빛깔과 흔들리는 선으로 이루어진 걸까. 그럼에도 그 속에서 선명하게 살아나는 원색의 빛깔들은 무엇보다 더 투명하고 아름다웠다. 어둠에 갇힌 빛처럼 너무도 희미한데 더욱 눈부셨다.

전시를 다 본 다음 실레의 도록을 사기 위해 서점으로 내려갔다. 그러나 서점이 문을 닫는 시간은 오후 5시 45분이고, 내가 도착한 시간은 5시 48분. 불과 3분 차이로 도록을 사지 못했다. 나는 유리문 너머로 안타까운 눈빛을 보냈지만 실레의 그림 속 인물을 닮은 듯한 서점 직원은 아랑곳하지 않고 끝내 문을 열어주지 않았다.

도나우강을 가지 못한 날

신랑은 계속해서 발바닥이 아프다고 말했다. 당연한 일이겠지만, 우리 둘 모두에게 조금씩 피로가 쌓이고 있었다. 신랑은 아침으로 정체를 알 수 없는 볶음밥을 만들었다. 자신이 한 입 먹고 카메라를 든 나에게도 한 입 먹여주며, 이런 때일수록 잘 먹어야 한다고 우걱우걱 숟가락을 씹었다. 아무리 힘들어도 그는 나를 지키고 있었다.

느지막이 숙소를 나서면서 보니 니키와 케이티 커플이 자신들은 오늘 밤에 친척집에 다녀올 예정이니 온전히 편안한 밤을 보내라는 메모가 있었다. 우리에게 낭만적인 하룻밤을 선물하기 위한 그 배려가 참 고마웠다.

"정말 천사네, 그렇죠?"

나는 신랑에게 그렇게 말했고, 신랑은 니키와 케이티에게 받은 사진을 정성스럽게 그림으로 옮겼다.

○

오늘은 어제 구입하지 못한 실레의 도록을 구입하러 레오폴드 박물관에 들렀다가, 벨베데레 궁전Belvedere Palace에 들러 구경하고 도나우

Dear, Kathi & Niki!

We've been really
happy staying
in your apartment

Thanks for giving
us a present
of fantastic
days in
Austria.

Jo & Bi

Donau강가에서 근사한 저녁 풍경을 보기로 했다.

드디어 만나게 된 실레의 도록. 도록은 종류가 정말 다양했는데, 믿을 수 없을 정도로 저렴했다. 세일 상품이기는 했지만, 백과사전 두께의 총천연색 도록이 3~5유로의 가격에 판매되고 있었다. 최신판 도록까지 합쳐 두 권을 샀는데도 겨우 13유로밖에 들지 않았다.

무거운 도록을 들고서 벨베데레 궁전에 도착했지만, 신랑도 나도 갑자기 맥이 탁 풀려버렸다. 호수를 한 바퀴 돌아보려고 했던 우리는 근처 벤치에 그대로 주저앉아 버리고 말았다. 벨베데레 궁전에 또 다른 실레의 작품이 있다는데, 클림트의 유명한 대작들이 바로 코앞에 있다는데, 신랑도 나도 기운을 내지 못하고 있었다.

"발바닥이 너무 아파요."

"그냥 돌아갈까요?"

"그래요, 무리하지 맙시다."

아직 오후 3시밖에 되지 않았지만 우리는 도나우강으로 가려던 일정을 단번에 취소하고 숙소로 향했다.

두 사람의 여행은 결국 두 사람의 일이다. 둘이 결정한다면 여행은 달라져야 하며, 달라진 여행을 두려워할 필요는 없다. 함께하는 것은 다른 모든 것에 우선하는 일이었으니 우리 두 사람에게는 포기하는 것 또한 여행의 일부였다.

199

우리 부부는 서로의 상태에 맞춰 여행 일정을 잘 조정하는 편이다. 같이 여행하는 데 중요한 것은 나의 욕구를 채우는 것보다 두 사람이 잘 소통하는 것이기 때문이다. 내가 지치면 나의 상태에 짝지가 맞추어주고, 짝지가 지치면 나는 그녀의 상태에 맞춘다. 이보다 멋진 여행 콤비가 어디 있을까.

대만으로 신혼여행을 간 첫날, 짝지는 발목을 삐었다. 투덜거리기보다 당장 그날부터 많이 걷지 않는 방식으로 여행하고 저녁마다 숙소에서 짝지 발목에 연고형 파스를 발라주었다. 일본 여행을 갔을 때는 골목골목이 너무 아름다워 오래 걷다보니 짝지는 결국 지치고 말았다. 나는 좀 더 걸어 다니고 싶었지만 짝지를 배려해 숙소로 돌아갔다. 내가 하고 싶은 대로 다니고 싶다면 혼자 여행을 해야 할 것이고, 같이 여행을 왔다면 상대방을 배려하는 것이 더 중요하다고 생각한다.

71번 전차에서

숙소로 가기 위해 71번 전차를 탔다. 스마트폰으로 정거장을 확인하고 있는 우리에게 한 남성이 이 전차는 71번이 아니라고 말해주었다.

"정말요?"

내가 놀라며 묻자, 우리 곁에 있던 또 다른 정장을 입은 남성이 불쑥 끼어들며 말했다.

"아닌데요, 이 전차는 71번이 맞아요."

그러자 우리에게 이 전차가 71번이 아니라고 말했던 남성은 아주 호쾌하게 이렇게 대답했다.

"그래요? 그럼 내가 잘못 탔군요!"

그는 황급히 출입구로 다가섰고, 우리는 정장을 입은 남성과 꽤 크게 웃었다. 우리뿐만이 아니었다. 황급히 전차에서 내리는 그를 보고, 그 안에 있던 많은 사람이 함께 웃었다. 전차 안에서 보라색 꽃다발을 품에 안은 할머니 한 분이 우리를 향해 한쪽 눈을 찡긋했고, 나도 그녀에게 가볍게 인사했다. 그녀의 건너편에는 검은색 가죽점퍼를 입은 또 다른 할머니 한 분이 스마트폰을 들여다보고 있었다.

"여기 할머니들은 정말 멋지시네, 그렇죠?"

나는 신랑에게 조용히 속삭였고, 신랑도 고개를 끄덕이며 동의를 표했다.

숙소로 돌아온 우리는 니키와 케이티 방에 딸려 있는 작은 테라스로 나갔다. 노을을 바라보며 붉은빛의 오스트리아 와인을 나누어 마셨다. 오늘 가지 못한 그곳을 두고 아쉬워하지는 않았다. 언제라도 두 사람이 합의한다면 돌아설 것이며, 원하는 곳에 끝내 닿지 못하는 그 여행까지도 사랑할 테니까.

신랑은 하품을 하며 계속 자기 발바닥을 주물렀고, 나는 노을이 흩어지는 밤하늘을 바라보다가 신랑에게 내 발바닥도 불쑥 내밀었다.

 나의 발은 잘 씻어도 미묘하게 발 냄새가 나는 편이라 짝지에게 잘 내어주지 않는 반면 짝지 발은 냄새가 나지 않아 나에게 쉽게 발을 내어주곤 한다. 이번에도 짝지의 발을 거리낌 없이 조물락조물락 만지작거렸다. 그렇게 여행의 피로를 풀어주었다.

류블랴나강을 가로지르며

국경을 넘어서니 풍경은 이번에도 역시나 달라졌다. 신랑은 다음 숙소로 향하는 도로를 달리며 이렇게 중얼거렸다.

"집에… 가고 싶다."

여행한다는 것은 일상으로부터의 탈출이기도 하지만 한편으로는 여행 속에 갇히는 일이었다. 신랑은 그 모든 이국적인 풍경도, 감동적인 경외심도 더 이상 반갑지 않은 모양이었다. 그에게 지금 가장 간절한 것은 그가 도망쳐 나온 일상으로 다시 되돌아가는 것이었다.

허탈하게 웃으며 나 역시 지치기 시작한다고 말해주었다. 신랑의 얼굴에 불안의 그늘이 깜빡거리고 있었다. 한국을 떠나올 때에는 우울증에서 벗어나 자신감에 차서는 멋진 여행을 하겠노라 다짐했었는데, 어느새 그의 낯빛은 자꾸만 어두워지고 있었다.

 장기 여행은 15일 내외로 하는 게 적당한 것 같다. 여행이 주는 설렘과 흥분감은 2주 정도 지나면서 점차 사라졌고, 여행이 주는 피곤함은 점점 커지는 동시에 익숙한 음식에 대한 그리움도 같이 커졌다. 언어가 통하는 사람은 현지에서 다른 사람들과 함께 추억을 만들어갈 수 있지만 언어가 통하지 않는 이는 그저 관광의 경험 정도로만 머무르기 십상이라 더욱 그런 듯하다.

장거리 운전을 했던 신랑은 슬로베니아 숙소에 들어서자마자 침대에 쓰러져 버렸고, 나는 혼자서 작은 발코니에 나가 앉아 유유히 흐르는 류블랴나강을 바라보며 발갛게 지는 해를 바라보았다. 아름다웠지만 나 역시 어느덧 한국에서의 지는 해를 생각하고 있었다.

○
슬로베니아의 수도인 류블랴나Ljubljana, 이곳의 명소라는 '용의 다리Zmajski Most'는 생각보다 소박했다. 강이 크지 않다 보니 다리 자체도 길지 않았고 다리 양쪽에 세워진 용의 동상은 지극히 평범해 보였다. 오스트리아나 독일의 도시 곳곳에 세워진 조각들과 비교해보면 소박하다 못해 초라해 보이기까지 했다.

그러나 실망하는 일 또한 여행의 일부라는 사실을 우리는 알고 있었다. 기대하고, 무너지고, 다시 또 발아래 뒹구는 희망을 툭툭 털어 주머니에 넣는 것이 여행하는 자의 일이었다. 우리는 아무 일도 없었다는 듯 용의 동상을 등지고서 류블랴나 시장 쪽으로 천천히 걸었다. 걷다 보니 한국에서도 본 듯한 자물쇠가 잔뜩 달려 있는 다리 난간이 보였다. 아래

를 내려다보니 좀 전에 보았던 배가 물위에 떠 있었고 작은 입간판 앞에는 호객하는 사람이 있었다.

"배나 탈래요?"

신랑은 뜬금없이 물었다. 파리에서 유람선(바토무슈)을 탄 적이 있기는 했지만 류블랴나강은 너무 좁고 소박해 그런 어마어마한 광경이 기대되지 않았다. 잠시 망설였지만 45분 동안 류블랴나강을 왕복하는 데 드는 가격은 1인당 8유로로, 그리 비싸지 않아 그렇게 하자고 했다.

"오케이, 콜!"

아래로 내려가 배 위에 올랐다. 월요일이라 그런지 손님이 없어 우리는 작은 배의 맨 앞(일명 '타이타닉 존')에 가서 앉았다. 우리 뒤로 또 다른 커플이 탔고, 직원은 양쪽으로 나란히 앉을 수 있도록 의자를 두 개씩 붙여주었다. 마침내 네 사람만을 위한 배가 천천히 류블랴나강을 미끄러지듯 출발했다.

배가 출발하니 강 양옆의 건물 너머로 햇살이 스며들기 시작했다. 건물 사이를 비집고 들어온 빛이 차가운 공기에 얼었던 우리의 몸을 따스하게 녹여주었다. 신랑과 함께 무릎 담요를 둘러쓰고서 배의 맨 앞에 앉아 유유히 강을 가로지르니, 온몸으로 강물을 타고 오르는 것만 같았다. 정말 아름다웠다. 바토무슈에서 느낀 것과는 전혀 다른 아름다움이었다. 감히 말하건대 그와 비교해도 조금도 모자라지 않는 반짝임이고 짜

배를 타고 바라본 류블랴나강 풍경.

릿함이었다. 잔잔한 강물, 우리 앞에 길을 내어
주는 물결, 반짝이는 햇살, 담요 속에서 꼼지락
거리며 느낀 서로의 온기. 그곳에서 전혀 예상
하지 못했던 감흥에 나도 모르게 탄성이 터져
나왔다.

"우와, 정말 좋은데요?"

"그렇죠? 내가 좀…."

신랑은 장난스럽게 웃으며 어깨를 으쓱했다.
피곤에 지쳐 있던 어제보다는 그래도 기운을
좀 내는 듯 보였다. 천천히 강의 외곽으로 나아
가며 여러 개의 다리를 지나쳤는데, 크지 않아
도 튼튼하고 듬직하며 아름다웠다. 부조浮彫로
장식된 다리도 있었고, 빨갛게 물든 이파리들
이 온통 감싼 다리도 있었다. 조금 나아가니 넓
어진 강 양옆으로 잘생긴 나무들이 죽 늘어서
있었다.

신랑은 다리 위에 선 사람들을 향해 손을
흔들었고 그들 역시 배에 탄 우리를 향해 손
을 흔들어주었다. 벤치에 앉았던 10대 초반쯤
의 어린아이도 손을 흔들었고 개와 함께 산책

양배추
더미.

을 하던 어르신도 가볍게 손을 들며 웃어주었다.

　류블랴나에는 그 어떤 화려함이나 웅장함은 없었지만 어쩌면 그 정반대 편에 존재하는 아름다움이 있었는지도 모른다. 아름다움이 하나의 구球라면, 류블랴나의 아름다움은 우리가 그동안 보지 못했던 정반대 편에 있었다. 화려하고 번쩍이는 아름다움에 취해 존재하지 않는 것이라 믿었던, 우리가 놓쳤던 그 반대편의 아름다움 말이다.

　어느 한국 드라마의 배경이었다는 골목을 천천히 걷는데, 순간 전율이 일어날 만큼 눈부셨다. 아침 햇살이 살구 빛 벽에 부딪혀 반짝였는데 똑바로 쏟아지는 햇살보다도 더 환했다. 화려한 문양으로, 근사한 조각품으로, 그게 아니라면 역사적인 의미로 아름다웠던 우리가 지나온 그 모든 골목들…. 지나온 여느 골목들과는 전혀 달랐던 이곳은 깊게 드리운 햇살만으로도 충분히 근사했다. 어디에나 있는, 어디에나 있던 아름다움이었는지도 모르겠다.

　류블랴나성에도 올랐고, 슬로베니아 사람들 틈에 앉아 시장 구석에서 점심도 먹었고, 성 프란체스카 성당 앞에서 아름다운 핑크빛 빛깔의 건물을 올려다보기도 했다. 류블랴나대학교까지 걸어가 그 앞 작은 숲속 벤치에 앉아, 이번에는 석양빛을 받으며 한참을 앉아 있었다. 돌아오는 길에 한인 마트에서 산 컵라면을 저녁 식사로 먹었고, 나는 오늘 우리의 머리 위를 비추었던 근사한 햇살에 관해 호들갑을 떨며 이야기했다. 고개를 끄덕이고 정말 근사했다고 말했지만, 신랑은 다시 한번 이렇게 중얼거렸다.

　이제 그만 '집에 가고 싶다'고.

블레드 호수 주변을 같이 걷다

떠날 수 없을 때 떠나지 못하는 마음은 돌아갈 수 없을 때 돌아가지 못하는 마음과 어쩌면 비슷한지도 모르겠다. 도착점과 출발점은 정반대의 말이 아니라, 처음부터 똑같은 곳을 의미하는 다른 표현인지도 모른다.

아침에 일어난 신랑은 눈을 뜨지 않으려는 사람 같았다. 오늘은 블레드Bled 호수만 다녀오는 간단한 일정이어서 조금 늦게 조식을 먹고 침대에서 잠깐 쉬는데 신랑은 아무것도 보고 싶지 않다고, 아무런 관심도 생기지 않는다고 털어놓았다.

힘들고 우울한 일이 생길 때마다 나는 도리어 더 크게 웃는다. 복잡하고 어려운 일이 닥칠 때마다 가장 쉽고 편리한 길을 택한다. 나를 지키고 우리를 지키는 방법만을 제일 먼저 생각한다.

과장된 몸짓으로 신랑을 끌어내듯 데리고 나와 자동차를 탔다. 블레드 호수 쪽으로 향하는 도로에 올라서니 한 번도 본 적이 없는 생경한 풍경이 눈앞에 나타났다. 도로 끝에 하늘을 가로막고 나타난 것은 분명 산이었다. 산이 많은 나라에서 왔으니 산으로 둘러싸인 도로는 익숙했는데도 우리 앞을 가로막은 산은 그냥 산이 아니라 쏟아져 내려 굳어버린, 흐릿한 하늘 같았다. 거대한 높이로 하늘이 되어버린 산꼭대기에는 만년설이 덮여 있었다.

"우와! 자기야, 알프스예요!"

"이 사람이? 높은 산이라고 다 알프스예요?"

"어? 내가 다 찾아봤다니까요!"

신랑은 그래도 믿지 못하는 눈치였다. 그는 입을 삐죽이기까지 했다. 의심 가득한 눈을 들어 창밖에 거대한 산을 보기도 했고 알프스라고 주장하는 나에게 손가락질도 했다. 나는 연신 환호성을 지르며 하늘을 가로막은 산들을 가리켰고 신랑은 시큰둥해하며 도로만 바라보았다.

하늘을 뒤덮은 산자락이 더 가까워졌을 때 도로 끝에서 반사된 빛을 쏟아내며 호수가 나타났다. 강이나 바다 같은 물결이 없는 호수는 마치 얼어붙은 듯 보였다. 게다가 알프스산맥을 배경으로 절벽 위에 우뚝 선 블레드성Bled Castle의 위용과, 호수 한쪽에 뚝 떼어놓은 듯 솟은 작은 섬 그리고 그 안에 세워진 성당의 첨탑까지. 실제 눈으로 보고 있는데도 근사한 사진 한 장을 들여다보는 것 같았다. 게다가 우리가 간 날은 구름 한 점 없이 맑은 날이어서 말 그대로 호수를 둘러싼 모든 것이 반짝거리고 있었다.

 블레드 호수는 규모가 커서 호수의 곳곳마다 특징이 다른, 대단히 아름다운 곳이었다. 그러나 우울증 상태일 때는 그런 아름다운 자연 속에서도

모든 것들이 반짝거리던 블레드 호수에서.

아무런 감흥이 느껴지지 않았다. 때론 시간을 때울 만한 거리가 딱히 없는 자연에 있는 순간이 더 지루하고 힘들게 느껴지기도 한다.

우리는 따스한 커피 한 잔을 테이크아웃 하기 위해 카페로 갔다. 신랑은 화장실을 다녀오고선 이내 지친다고 말했다. "지치다니요, 화장실 한 번 다녀오셨습니다"라고 나는 그를 놀려주었고, 우리는 커피를 들고서 천천히 블레드 호숫가 주변을 걸었다.

블레드 호수 근처에 있는 벤치에 한참 동안 말없이 앉아 있었다. 호수 위를 떠다니던 오리 떼가 너무도 자연스럽게 뒤뚱거리며 우리 쪽으로 걸어왔고, 우리는 고개를 빼고 선 오리들에게 '우리는 줄 게 없다'고 말했다. 우리의 말을 알아듣기라도 한듯 오리들은 다시 뒤뚱거리며 멀어져 갔고 이내 호수 위로 몸을 띄웠다.

벤치 앞에는 호숫가로 휘어진 커다란 나무가 있었는데, 가지 끄트머리엔 밧줄 하나가 길게 늘어진 채 달려 있었다. 밧줄 끝에는 나무 막대가 묶여 있었다. 사람들이 번지점프를 하듯 호숫가로 뛰어들며 노는 곳인 듯했다. 마침 그때도 젊은 커플이 밧줄을 타며 놀고 있었다. 나는 그 모습이 위태로워 보여 연신 호들갑을 떨었는데, 그들이 가고 난 뒤 신랑도 밧줄에 매달려 호수로 몸을 날렸다. 그때마다 나뭇가지에서 우지끈 소리가 나길래 무서워 비명을 지르며 몸을 떨었다. 당장이라도 밧줄이 끊어져 호수로 빠질 것 같은데, 신랑은 아무렇지 않게 밧줄을 타고 여러 차례 호수로 몸을 던졌다.

　호숫가에는 블레드섬으로 갈 수 있는 작은 전통 배 '플래트나Pletna'
가 있었다. 블레드섬은 정말 작았는데, 선착장에서 성모마리아 승천 성
당까지는 99개의 계단으로 이어져 있었다. 슬로베니아 사람들이 결혼
식을 하기도 했다는 성모 마리아 승천 성당 안에는 '행복의 종'이 있다

고 했다. 남편을 잃은 아내가 남편을 기리기 위해 성당에 종을 달기를 바랐는데, 나중에 아내의 사정을 알게 된 로마 교황청이 종을 기증해 지금의 행복의 종이 성당 안에 자리하게 되었다는 것이다.

우리는 행복의 종 같은 건 울려보지도 않았고, 성당 앞 의자에 앉아 아이스크림 하나를 맛있게 먹었을 뿐이었다. 그러고 나서 섬을 한 바퀴 도는 짧은 산책을 마치고 다시 99개 계단을 내려와 배를 타고 섬을 나왔다. 그러고 나니 신랑은 조금 기운이 난다며 여행 감수성이 30퍼센트로 올라왔다고 했다.

"오~ 그 정도면 나쁘지 않은데요?"

"뭐가 나쁘지 않아요? 처음 유럽 왔을 때는 100퍼센트가 넘었는데…"

눈을 동그랗게 뜨는 신랑을 보며 나는 킥킥 웃었다. 신랑은 다시 또 나에게 손가락질을 했고 나도 신랑에게 손가락질을 해주었다. 우리에게는 이 정도면 '행복의 종'을 울린 것과 다름없었다.

여행에 지치고 무기력해지고 우울해지면서 나는 여행 감수성을 올리기 위해 무던히 노력했다. '지금은 몇 퍼센트예요~'라고 나의 상태를 짝지에게 알려주기도 했다. 여행 감수성 지수가 오르락내리락한다고 이야기하는 것도 우리 부부의 대화거리 중 하나였다.

여행을 시작했을 때는 여행 감수성이 80~100퍼센트 정도였지만 2주 정도 지나 그림 작업에 지치기 시작했을 때는 40퍼센트 정도까지 내려갔다. 여행 감수성이 낮은 상태에서 남은 여행을 계속하는 것이 꽤나 괴로워 내 나름대로 올리려고 노력했다. 하지만 여행 감수성은 올라가는 듯하다 이내 내려가기를 반복했다. 여행 말미에는 거의 10퍼센트까지 떨어졌고 귀국하자마자 우울증 상태가 3개월 넘게 지속되면서 무척 힘든 시간을 보냈다.

블레드성 안에 있는 레스토랑에서 블레드 호수를 바라보며 먹는 저녁이 꽤 근사해 보였지만 우리는 그냥 성을 꼼꼼히 돌아보고 나오는 것으로 만족했다. 신랑은 그래도 처음보다는 훨씬 더 기운을 차린 모습이었고 그날은 더 이상 '집에 가고 싶다'고 말하지 않았다. 그것만으로 그날 우리가 바란 블레드 호수로의 여행은 '완성'되었다.

포스토이나 동굴, 그 어둡고 깊은 곳까지 들어간 사람

이탈리아로 향하는 길에 포스토이나Postojna 동굴에 들렀다. 세계에서 두 번째로 큰 석회 동굴로도 유명한 만큼 규모가 엄청났다. 작은 꼬마 열차를 타고 둘러보아야 할 만큼 동굴의 깊이는 어마어마했고 동굴 속에서 수천 년 동안 자란 석순들이 만들어낸 풍경도 경이로웠다.

가이드는 200년 전 처음 이 동굴을 발견했을 때의 그 어둠을 생각해보라고 했다. 잠시 그때의 어둠을 떠올리기 위해 불을 끄겠다고 했고, 환하게 밝혀 있던 동굴 내부는 순식간에 암흑으로 바뀌었다. 상상하고 기억할 수 있는 제일 짙은 어둠 속에서 가이드는 수십 명의 관광객을 향해 조용히 말했다. 이 동굴에 촛불 하나, 랜턴 하나만 들고 들어왔을 사람을 생각해보라고 했다. 당시는 동굴에 들어가는 일을 지옥에 들어가는 일처럼 여기던 시대였는데도 여기 어둡고 깊은 곳까지 촛불 하나에 의지해 들어왔던 누군가의 마음을 생각해보라고 했다. 그때 그 사람의 용기가 아니었다면 우리가 보는 이 눈부신 아름다움은 존재하지 않았을 거라고.

다시 불이 켜졌고, 그 순간 그 자리에 있던 관광객들은 아마 모두 비슷한 경외감에 사로잡혔을 것이다. 나 역시 그랬으니. 눈에 보이는 밝

음, 우리 앞에 있는 화려함, 내가 딛고 선 단단한 평지, 그 모든 것을 위해 견디고 버티어냈을 누군가의 용기를 우리는 너무 쉽게 잊고 만다.

가이드는 이 동굴 안에는 눈이 없는 도롱뇽이 살고 있다고 했다. 아무것도 먹지 않고 7년을 살 수 있는 그 생명체를 지탱하는 것은 어둠 속에서도 계속되는 아주 작은 움직임이라고 했다. 포기하지 않고 끝없이 지속되는 사소한 움직임이 도롱뇽의 놀라운 생명력을 지탱해주는 힘이라니 정말 놀라웠다.

동굴 밖으로 나오며 꼬마 열차에서 내리는데, 우렁차게 흘러가는 물길 소리가 동굴 안에서 들려왔다. 가이드는 동굴 안으로 흐르는 강이라며 소리가 나는 쪽을 가리켰다. 정말 그 곳에는 믿을 수 없을 만큼 거대한 강이 큰 소리를 내며 동굴 안으로 굽이쳐 흐르고 있었다. 그곳에 있으리라고는 상상도 하지 못할 만큼 거대한 강이었고, 우렁찬 물결이었다. 꿈틀대며 어둠 속으로 힘차게 흐르는 물줄기였다.

인생 첫 원형 경기장, 베로나 아레나

이탈리아에서 하필 왜 베로나Verona를 여행했냐고 묻는다면, 거의 모든 관광객이 찾는 로마와 베니스, 최소한 이탈리아 북부에 있는 베네치아, 피렌체에 가지 않은 이유를 말해야 할 것 같다. 정확한 이유를 들자면, 우리 두 사람의 여행은 언제나 '평화로움'을 지향하고 있었고, 그즈음 더 이상 관광객이 이리저리 몰려다니는 도시를 보고 싶지 않았다. 그래서 최대한 알려지지 않은, 이탈리아 사람들이 일상을 보내는 도시에서 잠시 조용하게 머물다 가고 싶었다. '에펠탑'이 아니라 '프랑스'를 보고 싶었던 것처럼, 이탈리아에서도 우리는 여전히 특정 관광지가 아닌 이탈리아 본연의 모습을 만나고 싶었을 뿐이었다.

여행이란 결국 방식의 문제인지도 모른다. 하루를 쌓아 일생을 만들듯 여행이란 시간 역시 하루를 쌓아 만들어질 테니, 그 하루가 어디에서의 하루였건 우리는 상관하지 않았다. 더군다나 이탈리아 베로나는 상상 이상으로 충분히 아름답고 매력적인 도시였다.

우리는 숙소에서 베로나 시내까지 걸어갔다. 시내로 걸어가며 만나는 모든 풍경은 관광객이 아닌 주민들의 것이었다. 고가도로 아래 벽에 가득한 낙서들, 그 앞을 지나가는 자전거를 탄 여성들…. 지극히 일상적인 풍경을 만나 신랑도 나도 충분히 즐거웠다.

아침에 산책하느라 이미 혼자 거리를 거닌 적이 있는 신랑이 가이드 역할을 했다. 베로나 초입에는 입구가 세 개인 고풍스러운 건물이 있었는데, 신랑은 우리나라로 치면 동대문 같은 것이라고 이야기했다.

입구를 지나치자 갑자기 분주한 거리가 나타났다. 조금 더 걸으니 범

상치 않은 게이트가 나타났는데 그것이 바로 브라Bra 광장으로 들어가는 또 다른 입구였다. 그 문 아래를 지나 들어서니 갖가지 빛깔의 벽들이 어우러진 식당가가 보였고, 믿을 수 없는 광경이 우리 앞에 떡하니 나타났다. 영화에서나 보았던 원형 경기장이었다. 바로 베로나 아레나 Verona Arena.

로마에 간 것이 아니었기 때문에 우리는 원형 경기장을 마주하리라곤 상상도 하지 못했다. 로마의 콜로세움Colosseum에 비할 정도는 아니더라도 무너질 듯 위태롭게 쌓인 채로 원형을 유지하는 경기장의 모습은 너무도 매력적이었다. 여름엔 아레나 뮤직 페스티벌도 열린다고 하는데, 한국인도 꽤 많이 오는 모양이었다.

난생처음 보는 원형경기장을 올려다보며 우리는 광장을 천천히 돌았다. 골목을 들어가 한참을 걷기도 했다. 사람 사는 모습은 모두 비슷하다고 하지만, 최소한 우리가 지나온 유럽의 모든 도시들은 모두 닮은 듯 달랐다. 그러고 보면 우리의 삶도 닮았을 뿐, 똑같은 삶이란 없지 않은가. 같은 모양의 벽이고 건물이더라도, 그 아래에 사는 사람들에 의해 도시 풍경은 달라지고 있었다.

우리가 만난 베로나의 여러 얼굴들

천천히 걸어 카스텔베키오Castelvecchio에 다다랐을 때, 성벽과 같은 빛깔의 벽돌로 지어진 카스텔베키오 다리는 이국적이었다. 다리가 가로지르는 베로나의 아디제Adige강은 조금 황량했는데, 안개가 자욱한 날씨와 근사하게 어울렸다. 우리는 이번에도 강이 내려다보이는 벤치에 앉아 샌드위치를 먹었다. 어쩌면 이렇게 같은 듯 모두 다른지 모르겠다고 말했더니 신랑은 "사는 사람이 다르니까 다르죠!"라고 말하며 다시 또 나에게 손가락질을 했다. 오늘 그의 여행 감수성은 50퍼센트쯤 될까?

베로나 도시를 감싼 아디제강을 따라 우리는 더 안쪽으로 걸었다. 새로운 다리가 나타날 때마다 신랑은 스마트폰 카메라를 들었다. 다리를 건너며 유명 관광지 한 곳을 짚어 그곳으로 향했다. 베로나에는 〈로미오와 줄리엣〉으로 유명한 줄리엣의 집이 있었다. 그러나 놀라웠던 것은 줄리엣의 집이 아니라, 그곳을 가는 도중에 우리 앞에 나타난 건물들이었다. 꽤 오래된 옛날 건물들이 그대로 유지되고 있었으며, 여러 상점이 그 안에 소담하게 자리하고 있었다. 유명 브랜드 간판이 자리한 오래된 건물들은 그 자체로 고유한 멋을 지니고 있었다. 도시 자체가 근사한 예술 작품이라고 나는 신랑에게 말했고 신랑도 고개를 끄덕였다. 막상 '줄

리엣의 집'에는 갔지만 사람이 너무 많고 복잡해 들어가고 싶은 마음은 들지 않았다. 정작 보아야 할 아름다운 것들은 밖에 있었다. 간절하고 애타는 사랑은 밖에 있을 것 같았다.

이탈리아 베로나의 성당들은 프랑스나 독일의 성당과는 달리 단정하고 소박했다. 대부분 로마네스크Romanesque 양식의 건물들이었는데, 하늘 높이 솟은 첨탑도 없었고 화려하게 사람들의 시선을 끄는 장식도 적었다. 3층으로 높이가 비슷한 건물들이 나란히 세워져 겸손한 풍경으로 사람들과 어깨를 나란히 하고 있는 것 같았다.

베로나강의 건너편으로 가기 위해 폰테 피에트라Ponte Pietra 다리에 올랐을 때, 어디선가 피아노 소리가 들려왔다. 보라색 머플러를 목에 맨 정장을 입은 남성이 다리 위에서 연주하고 있었다. 그의 앞에는 그랜드 피아노가 있었다. 공연장에서나 볼 법한 검은색 피아노가 오래된 돌로 지어진 다리 위에 놓여 있었고, 그는 다리 위에 모여든 사람들을 바라보며 열정적인 연주를 이어가고 있었다. 곡 하나의 연주가 끝날 때마다 관객들에게 허리를 숙여 인사했는데, 관객들은 다리 위에서 만난 근사한 순간에 감사하듯 큰 환호성으로 답했다.

기대하지 않고 예상하지 못한 것들의 아름다움과 마주할 때마다 일상의 시간을 신뢰하게 된다. 원하는 대로 이루어지지 않아도, 계획한 대로 흘러가지 않아도 괜찮겠구나. 거기에서 또 다른 근사한 시간이 우리를 기다리고 있겠구나. 결국 원하는 그곳에 도착하지 못한 모든 걸음들

이 실패는 아니겠구나.

숙소로 돌아온 나는 된장찌개를 끓이려다가 말고 나도 모르게 호박 하나를 들고 알 수 없는 춤을 추었다. 신랑은 그런 나를 카메라에 담으며 '얼쑤 얼쑤' 추임새를 넣어주었다. 엉뚱하고 말도 안 되는 그날의 춤이 나 자신도 이해가 안 되었는데, 어쩐지 지금은 그 이유를 조금은 알 것 같다.

아무리 짝지라고 해도 우울증과 무기력증으로 자주 지치고 힘들어하는 신랑이랑 여행을 다니는 일이 그리 쉽지는 않았을 것이다. 지친 신랑 옆에서 오히려 더 오버해서 애써 신난 척했을 것이다.

늘 고맙다. 나의 은인, 나의 구원자, 나의 연인, 나의 뮤즈.

실망은 짧게, 망각은 빨리

베로나에서 3일째, 우리는 다시 어제처럼 카스텔베키오 다리에 섰다. 어제 왔던 곳이었고, 같은 공간이었다. 하지만 같은 곳인데도 다른 쪽에서 보니 꽤 달라 보였다. 단지 건너편에 서 있을 뿐인데 눈앞에 보이는 다리는 바깥쪽으로 더 깊게 휘어보였다. 꿈틀거리며 다리 아래를 감싼 안개는 어제의 안개가 아니었다.

오늘은 어제와 반대쪽으로 걷기로 했다. 첫 번째 목적지는 이탈리아 최고의 로마네스크 양식 성당이라는 산체노 성당San Zeno Cathedral. 베로나에서 조금 떨어진 외곽에 자리한 성당이었는데, 커다란 장미 문양의 창도 아름다웠지만 나에게는 부서진 듯 낡은 듯 얼룩덜룩한 벽이 더 인상적이었다. 낡은 벽, 허물어진 자국, 키를 맞춘 듯 다른 건물들과 나란히 선 성당의 어깨…. 어제 본 베로나 대성당에는 종탑이 높게 세워져 있었는데, 그보다 시간의 흔적을 고스란히 간직해 색이 바래고 벽돌이 떨어져 나간 흔적이 곳곳에 남아 있는 산체노 성당의 풍경이 나에게는 더 귀해 보였다.

우리는 이번에도 성당 안으로 들어가지 않았다. 안개 때문이었을까. 베로나에 와서 여러 성당을 마주했으면서도, 단 한 번도 안으로 들어가

보고 싶다는 생각을 하지 못했다. 정말 안개 때문인지도 모를 일이었다.

결국 우리는 산체노 성당 안으로도 들어가지 않았고, 인사만 하듯 성당 주변만 보다가 돌아섰다. 어쩌면 우리는 보아야 할 많은 것을 놓쳤는지도 모른다. 가야 할 많은 곳을 지나쳤는지도 모른다. 그러나 후회하지는 않는다. 우리가 볼 수 있는 것을 보았고 우리의 걸음으로 걸었으니까.

이번에는 무작정 높은 곳으로 올라가 보자고 했다. 지도를 보니 어제 갔던 피에트라 다리 쪽 언덕과 비슷한 높이의 또 다른 언덕에 '산투아리오Santuario'라는 교회가 있었다. 얼마나 먼지, 얼마나 올라야 하는지는 계산하지 않은 채 우리는 그쪽으로 걸었다. 그 방향으로 걸으면 언젠가 도착하리라 믿었다.

베로나 시가지와는 다른 평범한 주택가가 나타났고 우리는 그곳 주민처럼 걸었다. 주택가 앞에 한국의 분식집처럼 생긴 피자집이 있었다. 화려한 색깔로 다채롭게 전시된 피자를 들여다보고 있으니 신랑도 나도 허기가 돌았다. 문을 열고 들어서니 흰 옷을 입은 점원이 환하게 웃으며 우리를 맞았다. 그 순간 우리는 관광객이 아니라 이곳의 주민이 된 것 같았다. 다른 피부색이어도 괜찮고, 다른 태생이어도 상관없는, 그저 한 끼니를 주고받는 반가운 사이 말이다.

우리에게 익숙한 동그란 피자가 아닌 네모난 도우에 갖가지 토핑이 올려진 피자는, 마치 화려한 빛깔의 케이크 같았다. 우리는 토마토와 새

얼룩덜룩한 벽이 인상적이던 산체노 성당 앞에서.

241

하얀 치즈가 듬뿍 얹어진 토마토 피자 하나와 버섯과 노란 치즈가 가득 올려진 또 다른 피자 하나를 주문했다. 여러 종류의 피자를 중량 단위로 판매하고 있었다. 우리 두 사람의 피자 값은 모두 합쳐 8유로로, 저렴한 편이었다.

따스하게 데워진 피자를 들고, 도로가 내다보이는 작은 테이블에 앉았다. 김이 오르는 네모난 피자를 천천히 입안에 밀어 넣었다. 얼마나 맛이 신선하고 풍성했는지, '피자'에서 상상하지 못했던 담백함이 느껴졌다. 편안한 차림의 한 남성 손님이 아이들 둘을 데리고 들어와 피자를 주문해 우리 옆자리에 앉아 먹었고, 또 다른 여성 손님이 들어와 피자를 주문해 포장해 들고 나갔다. 여기에서도 똑같은 일상이 흐르는 광경을 보고 있을 뿐이었는데 나도 모르게 조용히 탄성이 흘러나왔다.

식사를 모두 마치고 신랑은 가게 직원에게 사진 한 장 찍어도 되겠느냐고 청했다. 환환 미소를 지닌 젊은 이탈리아 청년은 기꺼이 신랑과 나란히 섰다. 청년의 가게인지, 아니면 가게 직원인지는 알 수 없었지만 그는 가게를 나서는 우리에게 좋은 여행을 하라고 말해주었고 우리도 그에게 좋은 하루를 보내라고 말해주었다. 좀 더 근사한 말을 해주고 싶었는데, 우리가 할 수 있는 말은 결국 이 한마디였다. "해브 어 나이스 데이Have a nice day!"

주택가를 지나고 가파른 비탈길을 올라 마침내 언덕 꼭대기에 있는

산투아리오 교회에 도착했지만, 그곳은 너무도 황량했다. 관광객은커녕 교회 안에도 사람이 없는 듯했다. 일자로 길게 늘어선 관상용 나무들이 도시 쪽으로 서 있었는데 어제보다 더 짙은 안개 때문에 근사한 도시 풍경조차 감상할 수 없었다. 한숨을 쏟아내던 신랑은 바닥에 주저앉았고, 나 역시 '아구구' 신음을 내뱉으며 쪼그려 앉았다. 근사한 곳들을 모두 놔두고 겨우 이런 곳에 데리고 왔느냐고 신랑은 나에게 손가락질을 했고 나도 신랑에게 손가락질을 하며 웃었다.

 내가 여행 일정을 잡고 짝지를 이끌 때도 간혹 있지만, 여행에 별로 흥미가 없는 나는 짝지가 가자는 대로 따라 다니는 편이다. 그렇기 때문에 그곳이 별로였다고 해도 짝지 탓을 하지 않는다. 그냥 같이 간 그 과정 자체로 만족한다. 투덜투덜하면서 서로 놀리고 장난치는 재미로 여행을 마무리한다.

결국 그 모든 길고 힘겨운 걸음이 쓸모없는 것이었다니, 그 사실을 받아들이는 데는 많은 시간이 필요하지 않았다. 짧으면 짧을수록 좋았다. 이미 와버렸고 우리는 믿고 싶지 않은 사실의 그 한가운데 있었다. 그렇다면 실망은 최대한 짧게, 망각은 최대한 빨리. 최소한 어제처럼 또 다른 방향에서 근사한 베로나 도심 풍경을 볼 수 있으리라 기대했는데 우리가 본 것은 며칠째 봐온 짙은 안개였다.

자물쇠로 잠긴 적막한 교회 건물을 두리번거리다가 우리는 다시 도심지를 향해 걸어 내려왔다. 올라간 만큼 다시 또 내려와야 하는 수고가 남아 있었다. 신랑은 투덜거리며 걸었고, 목적지를 정했던 나는 입을 삐죽이며 건너편 길가로 떨어져 걸었다. 도로를 사이에 두고도 신랑은 손가락질을 계속 해댔고 나도 신랑에게 손가락질을 했다. 킥킥거리며 신랑은 도로를 건너 내쪽으로 왔고 자동차조차 없는 도로 한복판에 서서 엉덩이를 씰룩대며 춤을 추었다.

그가 왜 그런 춤을 추었는지 나는 모른다. 그가 그랬듯이 나도 그에게 왜 그런 춤을 추느냐고 묻지 않았다. 나는 그런 그를 향해 웃으며 다시 손가락질을 했고 그는 내 쪽으로 넘어와 내 뒤를 따라 걸었다. 발을 맞춰 걷기도 했고, 비틀거리며 걷기도 했고, 서로의 엉덩이에 발길질을 하는 시늉도 하면서 걸었다. 킥킥대고 깔깔거리면서 쓸모없이 올라갔던 길을, 다시 쓸모없이 걸어 내려왔다.

대관람차가 있는 마을, 베르첼리

베르첼리Vercelli는 정말 그 어떤 한국인도 와본 적이 없을 것 같은 낯선 도시였다. 톨게이트를 나와 도시 안으로 들어서니 흡사 한국의 지방 소도시 외곽 도로를 달리는 것만 같았다. 이곳 에서는 알프스산맥을 넘기 전에 쉬어 가는 기분으로 머무르자고 신랑에게 이야기하던 참이었다. 다행히 신랑은 아직 '집에 가고 싶다'는 말은 하지 않았다.

그러나 평온하게 쉬어 가리란 기대는 다시 또 어긋나고 말았다. 황량한 들판의 도로를 천천히 가로지르며 마을로 접어드는데 갑자기 우리 뒤에서 요란한 사이렌 소리가 들려왔다. 설마 우리를 따라온 것이라고는 생각도 하지 못한 채 천천히 속도를 줄이며 우리가 갈 길을 가는데, 경광등을 번쩍이던 경찰차가 거칠게 우리 앞을 가로막으며 도로가로 몰아세웠다.

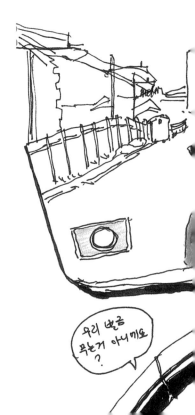

우리 번호 푹 누른거 아니메요?

대단한 범죄자라도 쫓듯이 경찰차는 중앙선을 넘어서면서까지 우리를 가로막았고 차창을 내리고 경찰이 우리에게 거칠게 소리쳤다. 갑작스러운 상황에 당황한 우리는 영문을 몰라 어리둥절해하다 그제야 도롯가에 차를 세웠고 곧이어 영화 속 한 장면처럼 늘씬한 경찰 둘이 우리를 향해 다가와서는 마구 소리를 질러댔다. '서라고 지시했는데 왜 무시하고 가느냐'라고 말하는 것 같았다. 영락없이 범죄자를 대하는 투로 자동차 등록증과 여권을 내놓으라고 다그쳤다. 경찰과의 만남은 프라하에 이어 벌써 두 번째였다.

나는 최대한 불쌍한 표정으로 '몰랐다, 우리한테 그러는 줄 알지 못했다' '우리가 잘못한 것이 없지 않느냐' 등의 의사를 영어로 전달했다. 가급적 공손한 몸짓으로 표현했지만 그들은 우리의 여권과 자동차 등록증 뭉치를 거칠게 빼앗아 그들의 경찰차로 돌아갔다.

영문을 모르는 신랑은 '우리가 잘못한 게 없으니 상관없다' '별일 없을 거다' 등의 말로 걱정 많은 나를 곁에서 안심시켰다. 십 분이나 지났을까, 경찰 중 한 명이 우리의 여권과 등록증을 가지고 돌아와 내던지다시피 차 안으로 건네주고는 황급히 사라졌다. 낯선 도시의 아주 특별한 인사였다.

○
우리가 예약한 베르첼리의 공유 숙소는 실내가 너무 어두웠다. 다락방이라서가 아니라 유럽인의 생활 방식이 원래 그런가 보다 하고 생각했다. 하노버에서도 그랬고, 빈에서도 그랬고, 지금까지 거친 대부분의 숙소에서 빛은 충분하지 않았다.

어둡고 답답해 다음 날도 우리는 숙소에서 일찍 나왔다. 베르첼리 도심 쪽으로 얼마 걷다가 신랑은 어기적거리며 이렇게 중얼거렸다.

"오줌보가 터질 것 같아요."

"이 싸람이, 이제 와서?"

"지금 마려운 걸 어떡해요?"

"내 못 산다, 증말!"

"이 싸람이, 신랑 오줌보가 터진다는데 지금 웃음이 나와요?"

예상치 못한 순간에 불쑥 튀어 오르는 우스꽝스러운 일상들. 이따금 그런 순간에 기대어 산다는 느낌이 들 때가 있다. 대단한 것도 아닌데, 허물어지듯 웃어버리게 되는 사소하고 민망한 시간들 말이다.

신랑은 어기적거리며 걷고 나는 그런 그에게 손가락질을 하고 있는데 다시 또 우리 눈앞에 믿을 수 없는 광경이 나타났다. 대관람차였다. 들판이 있는 것도 아니었고 그렇다고 놀이동산이 있는 것도 아니었다. 낡은 동상이 있는 작은 광장 한쪽에 대관람차가 어떤 판타지에서 떨어져 나온 한 조각처럼 우뚝 서 있었다.

"이게 뭐래? 우리 나중에 이거 타러 옵시다!"

"오줌 마렵다고요! 화장실 먼저 찾자고요!"

화장실에 들러 급한 일을 해결하고 우리는 그곳에 사는 주민들처럼 카보르Cavour 광장을 걸었다. 조용하고 평화로운 마을 골목들을 천천히 거닐었다. 이번에는 베르첼리 두오모 성당에도 들어갔고, 성 안드레아 성당Basilica di Sant'Andrea에도 들어가 보았다. 다른 도시의 성당에 들어섰을 때에는 선물 같은 노래든 익숙한 소란이든 성당 안을 가득 채운 것이 있었는데, 이곳 베르첼리의 성당 안은 너무도 고요했다. 주민들의 기도와 바람만이 침묵 속에 켜켜이 쌓여 있었다. 여느 로마네스크 양식의 성당들처럼 온 벽을 가득 채운 낡은 그림들이 아름다웠는데, 그보다 더 짙은 고요가 머리 위에 가만히 내려앉았다.

성 안드레아 성당에는 아기자기하게 꾸며진 마당이 특히 아름다웠다. 마당 가운데에 예언처럼 솟은 돌우물 하나와 그 주위를 둘러싼 붉은 꽃들이 얼마나 아름다웠는지, 나는 그 주위를 돌고 또 돌았다. 붉은 꽃들을 보며, 꽃들 너머에 우물 하나를 보며 다시 또 돌고 돌았다. 그사이 또 화장실을 찾고 있는지 신랑이 보이지 않았다. 잠시 후 성당의 입구를 등지고 주저앉아 있는 그를 발견할 수 있었다. 그의 어깨는 짓눌린 듯 무너져 있었다.

돌아오는 길에 우리는 도시 입구에서 보았던 대관람차를 탔다. 가격은 둘이 합쳐 10유로로 생각보다 비싸지 않았다. 끼익끼익 힘들게 올라가는 대관람차는 당장이라도 도로 쪽으로 굴러 떨어질 것만 같았다. 작은 광장을 둘러싼 건물들의 지붕이 보이고 나서야 조금 안정이 되는 듯

베르첼리 거리를 거닐다 우연히 마주한 대관람차.

하던 대관람차는 금세 포물선을 그리며 다시 내려왔다. 다시 기우뚱거리며 대관람차는 지붕을 향해 올라갔고, 건물의 지붕 끄트머리만 슬쩍 보여준 채 이내 다시 내려왔다. 고소 공포증이 있어 벌벌 떠는 나에게 신랑은 손가락질을 하며 놀려댔고, 웃는 그를 보며 잠시 안도의 숨을 내쉬었다. 다시 또 기우뚱거리며 대관람차는 우리를 건물의 지붕까지만 올려준 후, 이내 바닥으로 내려와 우리를 내려주었다. 먼 이국땅에서 만난 대관람차의 판타지는 그것으로 끝이었다.

몽블랑 터널을 통과하며

하늘을 가로막은 눈덮인 산을 향해 달리고 또 달렸지만, 몽블랑Mont Blanc 산은 쉽사리 가까워지지 않았다.

알프스산맥을 건너는 길은 여러 갈래였지만 우리는 몽블랑 터널을 택했다. 가장 안전하게 알프스산맥을 가로지르는 길은 아이러니하게도 가장 높고 가파른 몽블랑산에 있었다. 몽블랑산을 향해 가는 주변 풍경도 아름다웠는데 눈으로 뒤덮인 몽블랑산의 위용 앞에 모든 것은 그저 사소해 보였다. 눈길에 미끄러져 큰 사고를 당한 적이 있던 나는 '길이 눈으로 뒤덮였을까' 하고 걱정했는데, 신랑은 그런 나를 보며 '걱정 할머니'라고 놀려댔다. 급기야 '걱정 할머니' 노래를 만들어 큰 소리로 외쳐 불렀다.

몽블랑산에 가까워질수록 터널이 많아졌는데 마침내 마지막 터널을 통과하자 터널 앞에 엄청난 높이의 산이 나타났다. 운전대만 붙들고 있던 신랑조차 우리를 향해 쏟아질 듯 높이 선, 눈 쌓인 산의 위용에 탄성

을 지르고 말았다. 산에서 쏟아져 내리는 눈송이들로 자동차 앞 유리가 젖기 시작했다. 갑자기 겨울 속으로 들어온 것만 같은 기분에 자동차가 미끄러질까 봐 조마조마해하자 신랑은 '걱정 할머니' 노래를 다시 불렀다.

산악 다큐멘터리 속에서나 보았던 눈에 뒤덮인 깎아지른 듯한 산들이 바로 눈앞까지 다가왔을 때, 산비탈에 자리한 몽블랑 터널의 입구이자 이탈리아와 프랑스의 국경이 나타났다. 우리는 잠시 자동차를 세우고 휴게소에 있는 화장실만 들렀다가 나왔다. 잠시 시간을 두고 커피라도 간단히 마실 수 있으면 좋으련만, 어서 빨리 이 터널을 지나가고 싶었다. 프랑스를 지나 스위스까지 갈 길이 멀기만 했다. 아쉽긴 했지만 몽블랑 터널 건너편에 또 어떤 위태로운 풍경이 기다리고 있을지 알 수 없으니 어서 빨리 터널을 지나 산을 내려가고 싶은 마음뿐이었다.

몽블랑 터널을 통과하는 톨게이트 비용은 44.20유로였다. 결코 저렴한 금액은 아니었지만, 그 높은 산을 뚫고 사계절 그 도로를 안전하게 유지하기 위한 비용이라고 생각하면 그리 비싸게 느껴지진 않았다. 터널이 생기기 전에는 프랑스와 이탈리아를 넘나드는 데 상당히 오랜 시간이 걸렸지만 이 터널 덕분에 불과 몇 십 분으로 짧아졌다고 했다.

그 순간 슬로베니아의 포스토이나 동굴 안에서 가이드가 했던 말이 떠올랐다. 누가 맨 처음 알프스산맥에 터널을 뚫자고 제안했을까? 억겁의 시간 동안 꽁꽁 얼어 있던 산자락을 파내던 노동자는 어떤 표정이었을까? 누군가 용기를 내지 않았다면 그리고 꿈꾸지 않았다면 존재하지 않았을, 여기 이 '오늘'이라는 시간들.

약 11,6킬로미터의 몽블랑 터널을 빠져나오니 갑자기 봄 속으로 들어온 것 같았다. 눈발이 흩날리던 이탈리아 쪽 풍경과는 달리 프랑스 국경 쪽은 봄비라도 흩뿌린 듯한 광경이었다. 도로를 내려가 제일 처음 보이는 휴게소에 들러서야 우리는 안심하고 커피 한 잔씩을 마셨다. "봉주르Bonjour!"라고 인사하는 점원의 목소리에 드디어 프랑스로 돌아왔다는 사실을 실감했다. 마지막 목적지인 제네바로 가기 위해 프랑스를 지나쳐야 했다. 떠났던 자리로 우리는 되돌아가고 있었다.

모든 여행은 제자리로 돌아간다

스위스 여행은 내 평생 가장 큰 판타지 중 하나였다. 비단 이번 유럽 여행에만 해당하는 것은 아니었다. 외국 여행을 꿈꾸는 것조차 쉽게 허락되지 않던 삶이었지만 '스위스'는 언젠가 꼭 한번 가보고 싶다고 종종 말해왔다.

스위스의 풍경은 상상했던 것처럼 실제로도 깨끗하고 정갈했다. 길에 떨어진 낙엽마저 하나의 작품처럼 근사했다. 열차가 지나는 시골의 풍경은 전시를 위해 유리 안에 담긴 것 같았다. 스위스 중앙역에 내리니 네덜란드와 프랑스에서 보았던 것과 비슷한 외관의 전차들이 도로 위를 천천히 움직였다. 그 때문인지 잠시 그곳이 네덜란드나 독일 같기도 했는데, 햇살 속에 반짝이는 모든 것들은 그때와는 또 다른 빛깔이었다.

제네바Geneva 중앙역을 나와 론Rhone강 쪽으로 걸으니, 뎅그렁뎅그렁 종소리가 들려왔다. 고개를 드니 중앙역 바로 옆에 제네바 노트르담 대성당이 자리해 있었다. 프랑스 성당과도 다르고, 이탈리아 성당과도 다른, 역사 속보다는 동화 속에 있을 법한 성당에서 울림이 깊은 종소리가 들려왔다. 또 다른 인사를 건네받는 것만 같았다.

짝지는 성당에 갈 때마다 매번 뭘 그리 감탄을 하는지⋯. 내가 보기엔 그 성당이 그 성당 같은데.

여행 막바지에 다다르니 멋진 풍경을 봐도 심드렁하게 느껴졌는데, 나와는 달리 매번 감탄하는 짝지의 감수성이 신기하고 재미있었다.

시내 쪽으로 조금 더 걸으니 드디어 론강이 나타났다. 알프스산맥에서 녹은 물로 만들어졌다는 레만Leman 호수와 연결된 강이어서 그런지, 강물은 더없이 맑고 투명한 푸른빛이었다. 우리는 강을 따라 레만 호수 쪽으로 천천히 걸었다. 도시 안에 그토록 커다란 호수가 있다니, 그곳에 사는 주민들이 너무도 부러웠다. 이 호수를 둘러싸고 얼마나 많은 추억이 남겨질까? 얼마나 많은 이야기 꽃이 피어날까?

호수 주변에는 수많은 사람들이 앉아서 아침 햇살을 여유롭게 즐기고 있었다. 주변에 제네바대학교가 있어서인지 젊은 친구들도 많았고 도시가 훨씬 더 자유롭고 평화로워 보였다.

호수 주변을 걷다 보니, 작은 선착장에 옹기종기 사람들이 모여 있었다. 거대한 호수를 가로지르는 크루즈가 있다고 들었던 터라 우리는 그걸 기다리는 사람들로 생각했다. 그런데 선착장 규모가 너무 작았다. 표지판을 읽어 보니 우리가 가진 대중교통 종일권으로도 탈 수 있는 배였다. 설마 대중교통 티켓만으로 배를 탈 수 있을까 싶어 잠시 기다렸는

큰 분수 →

데, 정말 빨강과 노랑이 뒤섞인 작은 배 하나가 선착장 앞으로 미끄러져 들어왔다. 배 안에서 내린 운전사는 포니테일을 한 젊은 여성이었다. 그녀는 노련한 몸짓으로 배를 정박시키고서 배에서 내리는 아이들을 웃는 얼굴로 차례차례 인사하며 배웅했다.

따로 돈을 지불하지 않고 배를 타고 호수를 건너는 경험은 정말 근사했다. 우리는 호수를 가로지르는 배를 타고 반대편으로 건너갔다가 다시 그 옆의 다른 배를 타고 똑같은 자리로 돌아왔다. 어지러운 줄 모르고 같은 놀이기구를 타고 또 타는 어린아이들처럼 우리는 신이 나서 배를 타고 호수를 오고 갔다.

바다처럼 넓은 새파란 물을 가로질러 오가는 기분은 너무도 평온하고 즐거웠다. 눈이 시릴 정도로 깨끗하고 맑은 날이어서 그런지 유난히 새파란 하늘과, 푸른 호수와, 그 위를 천천히 오가는 빨간 작은 배 하나가 그림처럼 어우러졌다.

처음 출발했던 선착장에 다시 내려서니 호수

건너편에 비슷한 키로 나란히 선 건물들 너머로 구름이 잔뜩 인 알프스 산맥은 도시를 감싼 채 우뚝 서 있었다. 가고 싶던 산이었다. 그러나 이번 여행에서 우리는 갈 수 없는 산이었다.

당신은 공작새를 보았나요

레만 호수의 맑고 반짝이던 모습을 생각하며 호수 쪽 창밖을 보는데, 주차장에 세워진 작은 차 옆에 공작새 한 마리가 서 있었다. 공작 모양의 동상인가 싶어 자세히 보았는데 긴 다리로 휘적거리며 걸어가 자동차의 뒤 타이어를 쪼고 있었다.

"자기야, 공작새!"

앞에 앉은 신랑에게도 보라고 그의 무릎을 잡아 흔들었는데 어느새 열차 밖의 풍경은 바뀌어 있었다.

"주차장에 공작새가 있어요!"

분명히 공작새였다. 꼬리 깃털을 펴지는 않았지만, 바닥에 끌리는 가지런히 접혀 있는 긴 꼬리 더미를 지닌 그것은 분명 공작새였다.

"무슨 공작새가 있어요?"

"내가 봤다고요, 정말 봤어요! 정말 공작새라니깐요!"

신랑은 더 이상 대꾸도 하지 않았고 들을 가치도 없다는 듯 고개를 돌리더니 눈을 감아버렸다. 내가 본 것은 분명 공작새였는데 지나가 버리고 나니 더 이상 무어라고 말할 수가 없었다. 내 곁에 앉았던 신랑도 믿지 못하는데 누가 내 말을 믿을 수 있을까.

269

레만 호수에서 보낸 고요한 시간

아침이 왔지만, 신랑은 제대로 몸을 일으키지 못했다. 그의 낯빛은 무언가에 새카맣게 그을린 것처럼 어두웠다. 나는 평소보다 더 목소리를 높여 부산을 떨었다. 오늘은 아무도 갈 것 같지 않은 시골 마을에 가보자며 레만 호수 건너편을 무작정 가리켰다. 사실 신랑뿐만 아니라 나 역시 오늘은 한없이 몸이 무거웠다. 주차장에 세워둔 자동차로 뛰어가 과일 젤리를 찾았지만 젤리 봉지조차 거의 빈 상태였다. 우리는 겨우 힘을 내어 밖으로 나왔다. 열차를 타고 중앙역에 내려 버스로 갈아탔지만 신랑은 버스 유리창에 머리를 기댄 채 창밖조차 제대로 쳐다보지 못했다.

어디든 조용히 고요하게 하루를 보낼 곳이 필요했다. 그래서 정한 목적지는 레만 호수 건너편의 한 작은 마을, 꼬르시에Corsier.

조용하고 한적한 시골 마을 꼬르시에와 맞닿은 레만 호수는 더할 나위 없이 투명했다. '투명하다'는 말의 '투명'의 의미를 알고 있다고 생각했는데 지금껏 내가 보았던 모든 '투명함'은 이에 비하면 뿌옇고 흐릿한 말이었던 것만 같았다. 알프스산맥에서 흘러 내려온 물이라서였을까, 물속 작은 돌멩이 하나하나까지 모두 다 셀 수 있을 정도였다.

우리는 아무도 없는, 적막하기까지 한 호숫가에서 한참을 머물렀다.

벤치에 앉기도 하고, 눕기도 하고, 배가 없는 선착장을 잠시 걸어보기도 하고, 싸서 온 사과를 먹기도 했다. 그러다가 우리가 내렸던 정류장까지 다시 걸어 올라와 신랑은 작은 마을 카페 안에서 카푸치노를 시켰고 나는 오렌지 소다를 마셨다. 이제는 나까지 두통이 몰려와 어지러워하자 신랑은 지치고 힘겨운 얼굴을 들어 '호…' 하고 내 머리를 향해 입김을 불어주었다. 나는 알주먹으로 신랑의 장난에 응대해주었고 신랑은 내 아픈 머리를 향해 '호…' 하고 입김을 또 다시 불어주었다. 언제나 나를 데우는 건 이렇게 작고 사소한 몸짓들.

아무리 힘들고 지쳐도 서로에게 화풀이하지 않을 것. 마지막 힘까지 다해 곁에 있는 가장 소중한 사람을 귀하게 여길 것. 보잘것없고 나약한 우리지만 나는 그가 온 힘을 다해 나에게 사랑을 보여줄 때마다 온몸이 저릿저릿해진다. 아! 사랑받고 있구나, 사랑하고 있구나. 우리의 사랑을 지켜주는, 별것 아닌 것처럼 보이는 그 안간힘이 닿는 미지未知는 우주 어디에서라도 우리를 가뿐하게 들어 올릴 듯했다.

○

우리는 갔던 길을 그대로 되돌아 숙소로 돌아왔다. 저녁을 먹고서 설거지를 하다가 '건너편 마을에도 호숫가가 있다면, 우리 숙소 앞에도 그런 호숫가가 있지 않을까?' 하는 생각이 문득 들었다. 신랑에게 한번 나가보자고 말했다. 슬리퍼를 신고 어둠이 내린 숙소 앞 골목을 천천히 걸어 호숫가 쪽으로 다가가니 정말 호수 건너편에서 보았던 바로 그 투명한 물이 그곳에도 잔잔히 흐르고 있었다. 어둠에 묻혀 있지만 여전히 시리도록 아름다운 맑은 물이, 한 번도 본 적 없던 투명한 물이, 바로 우리 앞에 흐르고 있었다.

사랑은 여행한다

갑자기 울린 괘종시계 소리 때문에 정신이 말개졌다. 스위스에서의 새벽 2시. 한국의 우리 집이었다면 그 새벽 시간의 적막이 포근했을 텐데, 내가 살던 곳과 정반대 편에서 만난 새벽은 어쩐지 아슬아슬하게 느껴졌다. 내가 누운 곳과 정반대 편의 뒤척임을 기억하며 나는 몸을 돌렸다. 웅크린 채였지만 신랑이 곁에 있었다. 우리는 누구도 혼자가 아니었다.

숙소 주인인 미하엘 할머니는 체크아웃을 하는 우리에게 환하게 웃으며 덕담을 해주었다. "당신들의 책이 잘되길 바라요!" 뒤늦게 영어를 공부하고 있어서 나와 영어로 대화를 나누는 일이 즐거웠다며 내 손을 살며시 잡아주었다. 그녀는 몽블랑산을 보았느냐고 물었고, 그 순간 나는 대답을 하지 못하고 잠시 망설였다. 레만 호수 벤치 위에 누워서 보았던 것이, 제네바까지 기차를 타고 오가다가 보았던 것이, 자동차를 몰고 가다 터널 앞에서 보았던 것이, 과연 할머니가 말한 몽블랑산인지 확신이 서지 않아서였다. 지난밤 눈이 많이 와서 산의 모습이 무척이나 아름다울 거라고 말하는 그녀에게 나는 결국 보지 못했다고 답했다.

나는 스위스에서 머물렀던 숙소가 제일 답답했다. 어르신 두 분과 한집에서 머물다 보니 영어에 서툰 내가 집 안을 여기저기 돌아다니기도 그렇고, 그분들 식사 시간을 피해 음식을 요리해 먹고 설거지까지 해놓는 일도 그렇고, 음식 냄새가 배지 않도록 환기하는 일도 그렇고, 그냥 모든 것이 답답했다. 물론 두 분은 우리를 배려하며 잘 대해주셨지만 그냥 언어가 잘 통하지 않는 외국인들과 집을 함께 써야 한다는 것 자체가 답답했던 것 같다. 그래서였는지 스위스 숙소를 벗어나니 마치 감옥이라도 탈출하는 것처럼 기뻤다.

레만 호수 주위를 돌기만 했는데 우리가 탄 자동차는 이윽고 호수를 등지고 다시 프랑스 국경 쪽으로 나아갔다. 아쉬움이 많았다. 융프라우Jungfrau, 마터호른Matterhorn, 인터라켄Interlaken, 체어마트Zermatt 등 산악열차를 타고 스위스 최고의 절경들을 모두 눈에 담고 싶었지만 나의 판타지는 이루어지지 않았다. 우리가 자동차를 타고 유럽을 돌았던 방향의 반대 방향으로 여행을 시작했다면 스위스가 첫 방문지였을 테니 그 절경들을 모두 볼 수 있었을까? 신랑도 나도 지치지 않고 어떻게 해서든 눈 쌓인 절경을 보기 위해 기꺼이 몸을 움직였을까? 지나고 나면 더욱 안타깝게 떠오르는 가지 못한 길들…. 이제 와서 되돌릴 수 있는 방법은 없었다. 우리는 이미 알프스산맥을 등지고서 앞으로 나아가고 있

275

었다.

"섭섭하지 않아요?"

"아이고, 사람이 에너지가 있어야 뭘 봐도 보지, 아무것도 눈에 안 들어오고…."

신랑은 까칠한 턱 밑을 쓰다듬으며 긴 숨을 내쉬었다. 우리는 다시 이곳을 찾을 수 있을까? 여기 이 아쉽고 공허했던 시간을 미래의 어느 순간 다시 채울 수 있을까?

제네바 도심을 빠져나가자 길은 가팔라졌다. 나무들이 우거진 산길을 오르며 정말 안녕이구나 싶었다. 문득 뒤를 돌아보니 나무들 사이로 오렌지 빛 해가 떠오르고 있었다. 쏟아지는 아침 햇살이 안개에 뒤덮여 몽롱했다. 몽롱하고 흐릿한 풍경 너머로 우뚝 선 산봉우리가 보였다.

"자기야, 저거 봐요!"

산길의 도로 끄트머리에 나타난 작은 공터. 자동차를 급히 세우고 도로를 건너니 작은 벤치 하나가 우리를 기다리는 듯 있었다. 딱 두 사람이 앉을 법한, 정말 작은 벤치였다. 벤치는 산 아래 펼쳐진 제네바 일대를 내려다보고 있었다. 안개 낀 제네바와 레만 호수 위로 아침 햇살이 드리워져 반짝였다. 그리고 그 지평선 너머에 하늘을 가득 채우고 나란히 선 산의 몸들.

왼쪽 끝에서 오른쪽 끝까지, 알프스산맥의 모든 봉우리가 일렬로 한눈에 가득히 들어왔다. 마지막 인사를 전하기 위해 우리 앞에 나서기라

276

도 한 듯, 미하엘 할머니가 말했던 눈 쌓인 산들이 저마다의 봉우리들을 들어 올린 채 지평선 한쪽 끝에서 또 다른 끝까지 활짝 펼쳐져 있었다.

"우와… 이건 정말 말도 안 돼!"

"쩍이네!"

신랑도 벤치에 앉아 어깨를 활짝 폈다. 그리고 큰 숨을 내쉬었다. 믿을 수 없는 풍경 앞에서 눈물이 차올랐다. 우리에겐 허락되지 않는 판타지라고 생각했는데, 불가능해 보이던 꿈일 뿐이었는데, 우리 생전에 볼 수 없을 거라고 여겼던 알프스의 산자락이 통째로 우리 눈앞에 자리해 있었다. 아쉽고 안타까웠던 그 시간을 뒤로하며 우리에게 인사를 전하고 있었다. 아쉬워하지 마라, 슬퍼하지 마라. 우리는 여기서 기다리고 있을 테니 언제든 다시 오라. 수천 년을 버티고 선 산봉우리들이 서로의 어깨를 걸고 우리를 향해 인사하고 있었다.

하늘을 가로막고 일어선 산들을 향해 나는 아이처럼 손을 흔들었다. 어깨가 빠지도록 팔을 힘껏 들어 올려 계속 흔들었다. 우리의 여행은 그렇게 끝났다. 우울을 떨쳐낸 에너지 넘치는 일상도 없었고, 새로운 영감으로 가득 찬 안정된 미래도 없었다. 우리의 여행은 완전히 실패였다. 실패한 여행의 끄트머리에서 우리는 같이 웃고 있었다. 닮은 얼굴이었다.

여행 끝자락에서 마주한 거대한 알프스산맥.

수천 년을 버티고 선 산봉우리들이 서로의 어깨를 걸고
우리를 향해 인사하고 있었다.

여행은 실패하지 않는다 _박조건형

여행을 다녀온 지 어느덧 17개월이 지났다. 여행이 끝날 즈음에는 여행이 끝난 것만으로도 다행이라고 생각했고, 여행에서 돌아온 뒤부터 나는 심각한 우울증으로 3개월가량을 겨우 드로잉 수업만 해내며 버텨냈다. 우울증 약을 복용하고 개인상담을 받으며 지독한 우울에서 겨우 빠져나왔다.

내가 여행을 힘들어했던 이유는 여러 가지였다.

첫째, 처음 하는 장기 여행이라는 점.
둘째, 우리의 여정을 여행 도중에 그림으로 기록해야 한다는 부담감을 느꼈다는 점.
셋째, 42일 동안 늘 요리해 먹다 보니 여행이 일상처럼 되어버린 점.
넷째, 원래 여행에 흥미가 없는 사람이라는 점 등등….

짝지는 새로운 여행지에 갈 때마다 동영상을 찍었고, 여행을 다녀온 후 그 영상들을 한 시간 내외로 편집해서 정리해두었다. 42일간의 유럽 여행이 한 시간짜리, 열여덟 개의 동영상 파일로 남았다. 재미없는 영상을 뭐 하러 보냐고 투덜거리면서도 그때의 시간들을 같이 보다 보니 '우리 그때 참 많이 애썼구나' 하는 마음이 들었다. 우울증과 무기력으로 지친 시간도 많았지만 꽤 재미있었던 시간도 많았음을 새삼 깨달았다. 나의 우울증과 여행이 만난 뜻깊은 경험, 즉 우울증을 극복해야 할 문제가 아니라 잘 데리고 살아가야 할 동반자쯤으로 생각하는 내게 이 여행은 무엇보다 큰 선물인 듯하다.

우리 부부는 둘 다 가난한 예술가이기에 그때와 같은 장기 여행을 또 할 수 있을지는 모르겠다. 그래도 다시 여행을 떠나게 된다면 나는 우울증에 대비할 만반의 준비를 하고 갈 것이다. 우리 부부가 여행을 더 즐길 수 있는 방법도 개발해보고 에너지를 덜 소진할 방법도 찾는다면 아마 다음 여행은 조금 덜 힘들고 조금 더 재미있는 여행이 될 것 같다.

42일간의 긴 시간 동안 우울증으로 투덜투덜하며 어둠의 기운을 마구 뿜어내던 나를 인내하며 버텨준 짝지에게 고마운 마음은 더 커졌고, 삶을 함께하는 동반자로서의 신뢰와 의리, 사랑이 더 깊어진 것 같다.

그나저나 가난한 우리 부부의 다음 여행은 언제가 되려나….

유로 화폐

여행을 떠나기 전,
은행에서 996,858원을 735유로로 환전했다.

프랑스 트루아의 멋진 성당 앞에서.
시커먼 부분들이 세월의 흔적으로
보여 인상 깊었다.

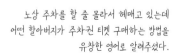

노상 주차를 할 줄 몰라서 헤매고 있는데
어떤 할아버지가 주차권 티켓 구매하는 방법을
유창한 영어로 알려주셨다.

287

룩셈부르크에는 절벽 위와 아래의 도시가 서로 다른 세상처럼 보였다.

비얀덴성.

비얀덴성 두 번째 그림.

비얀덴성 안에 전시되어 있던 갑옷.

버스킹하며 여행 다니는 듯한 청년들.

네덜란드 암스테르담 기념물

네덜란드의 주차비는 엄청 비쌌다.
그래서일까? 유독 자전거가 많이 다녔다.

아른헴이란 이 도시엔
이슬람 문화권의 사람이
많이 모여 사는 듯했고
이발소가 눈에 띄게 많았다.

운하가 멋있었던
암스테르담.

드레스덴에서 근육질의 멋진 동상.

드레스덴 츠빙거 궁전 앞에서.

293

하노버 길거리에서 마주한 소화전.
한국과 다른 물건,
한국에 없는 것들을 보면
그리고 싶은 마음이 솟구친다.

드레스덴에서 이 버스를 타진 않았다.

숙소 근처 공사 현장의 지게차.
유럽 여행 중에도 이런 삶의 모습에 더 눈이 간다.

노를 젓는 분의 모습.

이탈리아

점심 식사 시간즈음에
벤치에서 식사하는 외국인.

 스위스

제네바 기차에서 내릴 준비하는 사람들.

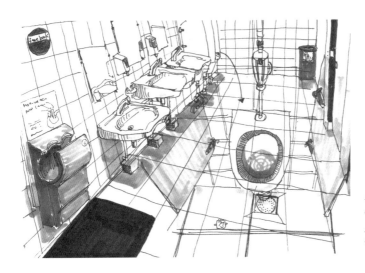

프랑스의 랭스에서 간
이케아 화장실.
소변기 모양이
한국 것과 다르다.

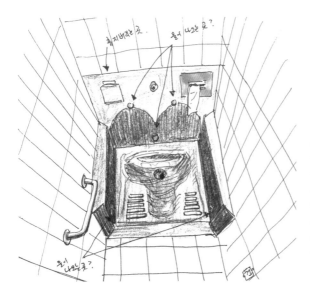

프랑스 드랑시에서 랭스로 가던 중
들른 고속도로 휴게소에 있는
작은 화장실을 짝지가 사진 찍어와
그림으로 그렸다.
문을 열고 들어가면
소변기에서 자동으로 물이 나오고
소변을 보고 일어나면
물이 또 다시 자동으로 나왔다고 했다.

독일 고속도로 휴게소 화장실에 있던,
일타삼피 세면대(물, 비누, 드라이 버튼이 다 달려있다).

네덜란드 풍차 마을 안에 있던 유료 화장실.
유럽에선 어딜가나 화장실을 사용하려면 돈을 내야 했다.
더군다나 나는 화장실을 자주 가는 편인데 말이다.
어쩌겠나. 돈 내고 자주 가는 수밖에.

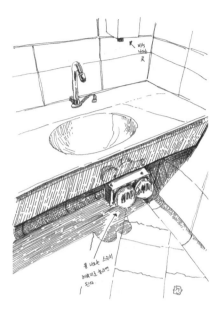

이탈리아 베로나의 마트에 있던 화장실.
물 나오는 버튼을 한참 찾다가 조금 떨어져서 보니
앞 부분에 동그란 버튼이 있었다.

베로나 숙소에서 우리 방에 딸린 욕실.
우리만 쓸 수 있는 욕실, 침실,
주방이 따로 있어 너무 좋다.

벨기에를 떠날 때 숙소 사장님이
"이곳은 꼭 들러보라"며 뭐라 적어주셨다.

독일의 에어비엔비 숙소 주인 Lenka.
멋진 집을 빌려준 렌카에게 고마운 마음을 전해본다.

네덜란드 아른헴 캠핑장의
안내 데스크 직원과 함께 기념 촬영.

프라하 숙소 사장님.
체코에 도착하자마자 사장님에게
어디서 환전해야 하는지 물어보았다.

42일간 리스한 차를 반납하고 렌터카 직원 분과 기념 촬영.

트루아에서 3박한 곳이자 여행의 마지막 숙소. 신발공장을
게스트하우스와 노인들의 주택으로 리모델링했다고 한다.

여행 말미에 4박을 한 프랑스 트루아 숙소의 창문 밖에 보이던 풍경.
여기서 이틀 동안 심한 무기력증과 우울증을 앓았다가 다행히 빠져나왔다.

유럽 여행 떠나기 전 인천공항에서.

유럽 여행하며
귀중품을 넣고 다닌 가방.

숙소에서 체크아웃하고 나오던 엘레베이터 안에서.
짝지는 여행의 많은 순간을 영상으로 기록했다.
기억은 시간이 흐를수록 사라지지만
짝지가 찍은 영상 덕분에 당시 기억을 되새기게 된다.
이제는 짝지의 촬영에 더 협조적인 사람이 되었다.

조식이 제공되는 숙소 식당에 있는 오렌지 착즙기가 신기해 사용해봤다.

42일 동안 차를 리스해
편하게 타고 다녔다.

네덜란드 캠핑장 숙소에서
편하게 휴식 중.

42일간 약 5,000킬로미터를
운전하며 다녔다.

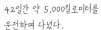

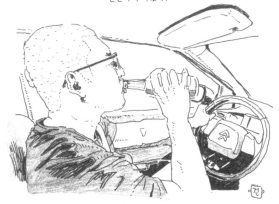

돈 내고 화장실 다녀오는 내 모습.
화장실 사용료를 아낌 없이 지불했다.

3시간 정도 전시를 보며 돌아다니느라 지친 나.
그래도 미술관 구조가 독특해
돌아다니는 재미가 있었다.

프라하에서 짝지. 유럽 여행을 하며 짝지가 사진 찍어달라고 조르면
마지못해 찍어줬었는데, 다음 여행 때는 더 선뜻 찍어줘야겠다.

빈 숙소에서 쌔근쌔근 같이 잘 때.
그런데 이건 어떻게 찍은 거지?

슬로베니아 운하에서 배를 탔다.
맞바람 때문에 담요와
옷으로 꽁꽁 싸맸다.

이탈리아

숙소에서 얼굴 벅벅 씻는 짝지.

42일이나 여행하는 건
여행을 특별히 좋아하지 않는 내겐
너무 힘든 일이었다.
여행 중 우울증 때문에 더 힘들어지기도 했다.

이탈리아에서 사과 먹던 짝지.

이탈리아 베르첼리 숙소에서 양치질하는 우리 부부.

이탈리아 베로나에서.
길을 걷다 달리기 시합을 했나 보다.
42일의 여행 중 힘들 때도 많았지만
둘이서 이렇게 장난치며
재미있는 순간도 많았다.

스위스 기차 안에서 여행에 지치고 무기력한 상태의 내 모습.

스위스에서 심한 무기력증으로 지쳐있던 나의 기분을
업 시켜주려고 짝지는 경쾌하고도 발랄한 행동을 했다.

스위스 제네바의 작은 카페에서
버스를 기다리며 차를 마셨다.